COMPENDIO DI CHIMICA FISIOLOGICA

A. COMINELLI

© 2023 Culturea Editions

Texte et illustration de couverture : © domaine public
Edition : Culturea (Hérault, 34)
Contact : infos@culturea.fr
Retrouvez notre catalogue sur http://culturea.fr
Imprimé en Allemagne par Books on Demand
Design typographique : Derek Murphy
Layout : Reedsy (https://reedsy.com/)

Dépôt légal : janvier 2023
Tous droits réservés pour tous pays

ISBN : 9791041844241

La chimica biologica è la parte più importante della fisiologia umana, essendo essa che ci addita in qual modo l'organismo tragga dall'ambiente il necessario alla vita, in qual modo questa si sviluppi dalle sostanze che vengono introdotte rendendosi attiva qual forza vitale quella che trovavasi nell'inorganico ed organico, non organizzato, sol come forza potenziale. Ed il risultato della introduzione nell'organismo di corpi ossidati, ossidabili ed ossidanti, delle loro azioni nonchè delle varie loro modificazioni e combinazioni è lo sviluppo di calore, indice di combustioni che presiedono a tutte le funzioni vitali, le quali possono ridursi a funzioni nutritive cellulari, a funzioni nervose, a funzioni muscolari.

È la chimica biologica che ci addita come tutto ciò che si mette in relazione col nostro organismo vi si modifichi, dando, come termine ultimo delle modificazioni, le manifestazioni della vita, tutte, dalle più basse funzioni muscolari di vita vegetativa alle più nobili funzioni psico-intellettive.

Elementi costitutivi del corpo umano sono l'ossigeno, l'idrogeno, il carbonio, l'azoto, il solfo, il fosforo, il cloro, il fluore, il silicio, il potassio, il sodio, il calcio, il magnesio, il ferro; sono elementi accidentali il rame, il piombo, lo zinco, l'arsenico.

Questi elementi formano tutto l'organismo, alcuni liberi, altri più o men variamente combinati, tutti però soggetti a scambi continuati, che rendono infinito il numero dei vari stati di modificazioni chimiche delle differenti vie cui essi percorrono.

La varia costituzione chimica dà ai corpi un vario significato fisiologico, perciò seguiremo un ordine chimico nello studio delle varie sostanze e faremo tre gruppi dei corpi che dovremo studiare:

1. Materie minerali inorganiche.

2. Sostanze organiche ternarie cioè non azotate.

3. Sostanze organiche quaternarie e azotate.

CAPITOLO 1°.

Sostanze minerali o inorganiche

Possiamo dividerle in quattro gruppi, cioè: 1° Gas—2° Acidi—3° Ossidi—4° Sali.

§ 1° Gas—I gas più importanti liberi nell'organismo sono questi: l'ossigeno, l'azoto, l'anidride carbonica, l'idrogeno e l'acido solfidrico.

L'ossigeno si trova nel sangue sia sciolto nel plasma sia in combinazione coll'emoglobina di cui forma, ossiemoglobina.

È dubbio se nel sangue si trovi allo stato di ossigeno o di ozono cioè ossigeno triplo od elettrizzato.

Secondo Preyer un grammo di emoglobina in soluzione assorbe 1,3 c.c. di ossigeno, secondo altri ne assorbe 2 c.c. ed anche più.

La quantità dell'ossigeno nel sangue è in rapporto del lavoro muscolare: diminuisce moltissimo nel periodo della digestione ed assorbimento. L'ossigeno si combina a tutti gli elementi, mene al fluoro. È il corpo comburente per eccellenza ed è uno dei fattori importantissimo nella termogenesi animale.

Trovasi anche ossigeno in molti liquidi e negli spazii liberi dell'organismo.

Reazione caratteristica dell'ossigeno è quella di dar vapori giallo aranciati in contatto con biossido di azoto.

L'azoto trovasi libero nelle cavità dell'organismo in cui v'hanno gas: si trova sciolto in quantità variabili nei vari liquidi organici.

Come è noto si presenta qual gas incolore, insapore: non è combustibile, ne comburente. Trovasi nell'aria a moderar l'eccessiva attività dell'ossigeno.

Non è adatto alla respirazione perchè non ossidante, non perchè velenoso, epperò va nella categoria dei gas indifferenti secondo la classifica fatta da Hermann.

Reazioni: si combina all'idrogeno mercé i fiocchi elettrici oscuri formando ammoniaca; al calor rosso si combina col carbonio in presenza d'un carbonato alcalino, dando luogo alla formazione del 'cianuro corrispondente.

L'anidride carbonica trovasi nell'organismo o libero cioè in soluzione ed allo stato di gas, oppure combinato alle basi inorganiche. L'aria atmosferica ne contiene normalmente, epperò essa accompagna l'aria di inspirazione e quella che, deglutita, va nello apparecchio digerente: però a differenza dell'ossigeno che vien rattenuto per l'ossidazione e dell'azoto che passa inattivo, l'anidride carbonica inspirata o deglutita è accresciuta massimamente in quantità, nei pulmoni per la respirazione dei tessuti, nel tubo digerente per la traspirazione della mucosa, ricca di capillari superficiali e per le molteplici decomposizioni chimiche. È eliminato anche in piccola quantità dalla pelle.

È un gas scolorato, di sapore acidulo piccante caratterìstico, d'odor lievemente dispiacevole.

Trovasi nel sangue sciolto nel plasma, combinato minimamente agli elementi dei globuli, combinato ai carbonati od al fosfato di sodio: ed è da questi sali nonchè del sangue alcalino che essa viene attratta nel sangue e detratta dai tessuti.

Reazioni: intorbida l'acqua di calce o di barite formando i rispettivi carbonati insolubili che si sciolgono in un eccesso d'anidride carbonica e si trasformano in bicarbonati solubili. La potassa e la soda assorbono l'anidride carbonica, formandosi i carbonati relativi.

L'idrogeno trovasi nell'intestino in seguito alla ingestione di metalli ed alla fermentazione pel bacillus butilicus.

§ 2° Acidi—Acidi: carbonico, fosforico, solforico, cloridrico, fluoridico, silicico: questi acidi non trovansi liberi, nell'organismo ma combinati a basi, formando sali: si faccia pero eccezione dell'acido cloridrico, dell'acido carbonico e del silicico che trovasi anche libero in quantità minima nel sangue nella saliva, nell'urina, negli escrementi, nella bile, nelle ossa.

L'acido cloridrico esiste nel succo gastrico nella proporzione dell'1 per mille sia libero sia in combinazione colla pepsina formando idroclorato di pepsina ovvero un acido idrocloropepsico.

Secondo Heidenhaim l'HCl tramuta il secreto delle glandole piloriche, sostanza pepsinogena, in vera pepsina.

Reazioni: Per riconoscere la presenza nel succo gastrico dell'acido cloridrico, come diremo con maggiori particolari in seguito, s'impiegano delle sostanze coloranti come il violetto di metile, la tropeolina, la floroglucina, il verde brillante, la vaniglina che lo svelano col mutamento di colore, però queste reazioni possono essere mascherate dalla presenza degli albuminoidi e dei peptoni.

Si può ancora trattare il succo gastrico con acqua ed etere: l'acqua fissa l'acido cloridrico, l'etere fissa tutti gli acidi organici: questo è detto: metodo del coefficiente di partizione.

Inoltre può rendersi evidente la presenza dell'acido cloridrico e desumerne la quantità aggiungendo dei corpi che facciano da base, indi pesando questi ed il cloro.

§3° Ossidi—Sono due liberi nell'organismo: l'ossido di ferro e l'acqua.

L'ossido di ferro<Fe_2O_3. trovasi nella cenere del sangue e nella bile, nel latte, nella linfa e nel chilo.

Si è detto che se ne sia anche trovato nella cenere della sostanza nervosa.

L'acqua è sparsa per tutto l'organismo essendo essa indispensabile ad ottener le combinazioni organiche; senz'acqua non sarebbe possibile lo scambio tra il sangue ed i tessuti e questi non potrebbero eliminare i materiali impropri alla nutrizione.

I varii tessuti ne contengone in varia proporzione. Lo smalto e il sudore rappresentano i gradini estremi d'una lunga scala occupata dai tessuti: lo smalto contiene circa il 2 per mille di acqua, il sudore il 99.5%.

Nell'adulto rappresenta il 70 circa per cento del peso del corpo, nell'embrione circa 85 a 90%.

È introdotto per l'alimentazione nella massima parte, ma ne risulta ancora una certa quantità dall'ossidazione dell'idrogeno.

§ 4° Sali

—Sali di calcio,
Fosfato neutro e folfato acido
  $3CAO. PO,—2CAOH. PO_5$.
Carbonato di calcio $CaO. CO,$.
Cloruro di calcio $CaCl$.

—Sali di magnesio.
Folfato di magnesio $3MgO PO_5+5HO$.
Fosfato ammonisco-bimagnesiaco
$Mg (AZH,) PhO_4+6HO$.
Carbonato di magnesio $MgCO_3$.
Cloruro di magnesio $MgCl$.

—Sali di sodio.
Cloruro di sodio $NaCl$.
Carbonato di sodio $NaCO_3$.
Fosfato neutro di sodio $3NaO. PO_5$.
Fosfato acido $2NaOH O.PO_5$ od $Na O2HO. PO,$.

Solfato di sodio NaSO_{4}.

—Sali di potassio.
Cloruro di potassio KCl.
Carbonato di potassio KCO_{2}.
Fosfato di potassio KO.2HO.PO_{5}.
Solfato di potassio KSO_{2}.
Solfacianuro di potassio C_{5}AzKS_{2}

—Sali d'ammonio.
Bicarbonato d'ammonio NH_{2}O. HO. 2CO_{2}.
Sesquicarbonato 2NH_{4}O. 3CO_{2}.
Ferro: Fosfato.
Manganese.
Rame.

L'acido fosforico si presenta nell'organismo come tribasico: allorchè è saturato da 8 atomi basici forma, fosfati neutri, quando è combinato con 2 o con 1 equivalente basico forma fosfati acidi.

Sali di calcio.

Fosfato neutro.

Trovasi nell'urina ed in molti liquidi tenuto in soluzione dall'anidride carbonica o dal cloruro di sodio: le' ossa ed i denti ne contengono.

Fosfato acido.

Trovasi nel sangue, nell'urina, nello sperma, nonchè in molti liquidi dell'organismo. Proviene dagli alimenti. Ha proprietà istogenetiche, trovasi peri, costantemente nei tessuti in formazione.

Carbonato di calcio.

Trovasi amorfo nei denti e nelle ossa, nell'urina, nella saliva e in altri liquidi tenuto in dissoluzione dal carbonato di calcio.

Nell'orecchio interno forma gli otoliti cristallizzato in romboedri e prismi esagonali accoppiati nella forma di cristallizzazione.

Cloruro di calcio.

Il cloruro di calcio fu osservato nel succo gastrico, nato forse dall'azione dell'acido cloridrico su qualche sale di calcio specialmente sul carbonato introdotto nello stomaco nella deglutizione della saliva.

Sali di magnesio.

Fosfati.

Trovansi in tutti i liquidi ed in tutte le parti solide dell'organismo. Nell'urina trovasi allo stato di fosfato basico: tenuti in dissoluzione dall'anidride carbonica i fosfati precipitano talvolta col semplice riscaldamento.

Fosfato triplo-ammonito-bimagnesiaco.

Trovasi nelle fecce e nell'urina in putrefazione: per combinazione del fosfato di magnesio all'ammoniaca. Cristallizza in bei cristalli a forma di coverchio di tomba.

Sali di sodio.

Cloruro di sodio.

Cristallizza in vario modo: forma di cristallizzazione caratteristica è il cubo; quasi tutti liquidi dell'organismo e quasi tutti i tessuti ne contengono.

Nel corpo umano trovasi nella quantità di circa 200 gr. i liquidi che ne tengono in soluzione raramente ne hanno per più del 0,5 per cento. E una sostanza di grande importanza istogenetica, indispensabile al ricambio materiale che riattiva.

Carbonato di sodio.

Trovasi nel sangue allo stato di bicarbonato ove serve di veicolo all'anidride carbonica. E accompagnato talvolta dal carbonato di potassio.

Fosfato di sodio.

Trovasi nella bile, nell'urina e in molti liquidi.

Solfato di sodio.

Trovasi nei liquidi organici dell'urina nelle fecce ed in vari tessuti.

Sali di potassio.

Cloruro di potassio.

Esiste in poca quantità nei nervi e in varii liquidi: trovasi nei globuli del sangue.

Fosfati di potassio.

Talvolta accompagnano i fosfati di sodio nei liquidi. Trovasi nella sostanza nervosa nonchè nel succo muscolare.

Solfato di potassio.

Trovasi nei liquidi organici, nell'urina, nelle fecce, e in vari tessuti.

Solfocianuro di potassio. È costante nella saliva nella proporzione del 0,006 per cento per secrezione delle glandole salivari specialmente della parolide, riconoscibile dal colore rosso sangue che da col percloruro di ferro. Una listerella di carta imbevuta di solfato di rame in soluzione all'uno per mille svela la presenza del solfocianuro col colorarsi in bleu.

Sali d'ammonio(NH_3).

Carbonato d'ammonio.

Trovasi nell'urina in fermentazione alcalina avvenuta fuori o dentro la vescica urinaria, nel sangue e patologicamente nel tubo intestinale.

Reazioni:

Dei cloruri: Aggiungendo ai liquidi contenenti cloruri un po' di nitrato d'argento si ha un precipitato bianco, caseoso, di cloruro d'argento solubile nell'ammoniaca, nell'iposolfito di sodio e nel cianuro di potassio.

Però è necessario l'aggiunta di poche gocce di acido nitrico, previamente al nitrato d'argento, affine d'impedir che precipitino i fosfati d'argento, solubili nell'acido stesso.

Per dosare, con una certa approssimazione, i cloruri nell'urina, si versi in, un tubo da saggio 1 c.c. di soluzione di cromato di potassio al 10 per 100: indi si aggiungano successivamente piccole quantità di nitrato d'argento in soluzione titolata al 5 per 100: si avrà un precipitato rosso mattone di cromato d'argento.

Si smetta di aggiungere nitrato. d'argento allorchè il deposito rosso par che non s'aumenti.

V'ha normalmente nell'urina da 1 a 3 gr. di cloruri; questa quantita pero varia moltissimo col variare del vitto.

Si tenga come regola che all'urina normale per la quantita dei cloruri bisogna aggiungere 2 c.c. di soluzione titolata di nitrato d'argento a 3 c.c. di urina.

Solfati.

Per dosare i solfati nell'urina, si acidulano con acido nitrico o cloridrico 100 c.c. di urina e si portano all'ebollizione; indi si versa nella soluzione del cloruro di bario in soluzione titolata. Dopo 24 ore si raccoglie il precipitato, si filtra e si pesa.

Possono variarsi molto le soluzioni titolate di cloruro di bario: normalmente s'usa di sciogliere in un recipiente di vetro 24,4 gr. di cloruro di bario in tanto di acqua da raggiungere il volume di 100 c.c.

Con questa soluzione s' ha che un 1 c.c. corrisponde a 0,008 gr. di acido solforico. Per aver dunque una determinazione esattissima dei solfati si adopera questa soluzione titolata e la buretta di Mohr, che è un tubo cilindrico graduato fornito all'estromità inferiore di un rubinetto a vetro o di una pinzetta a pressione. Nel praticare l'analisi si riempie tutta la buretta del reattivo, che si fa cadere a poco a poco nell'urina.

Completata la reazione il volume del reattivo impiegato è indicato dalla scala di graduazione.

L'acido solforico trovasi nell'urina combinato per 9/10 al sodio al potassio e per 1/10 al fenolo, scatolo indolo allo stato di fenolsolfati, scatolsolfati, indosolfati alcalini cioè allo stato di sali solfoconiugati.

Fosfati.

I fosfati terrosi, come ho detto anche altrove, son tenuti sciolti dall'anidride carbonica e dal fosfato acido di sodio: eppèrò talvolta precipitano col semplice riscaldamento.

Per farli precipitare completamente s'aggiunga della potassa o dell'ammoniaca e si riscalda.

Per far precipitare i fosfati alcalini si adopera la soluzione ammonito-magnesiaca, che li precipita allo stato di fosfato ammonico-bimagnesiaco.

I sali di uranio precipitano i fosfati allo stato di fosfato di uranio, giallo, solubile negli acidi minerali. Si faccia una soluzione di 22 gr. di acetato d'uranio, in acqua leggermente acidulata con acido acetico, in tanta quantità che la soluzione vada a 1000 c.c.

Si pongano 50 c.c. d'urina in un recipiente e vi si versi la soluzione di sal d'uranio; si ha un precipitato giallo più o meno abbondante che si filtra, si dissecca e si pesa.

Per potersi servire della soluzione di acetato di uranio come liquido titolato dosimetrico si fa uso di una soluzione di ferrocianuro di potassio-prussiato giallo—in acqua distillata, al 5 per cento. Il ferrocianuro di potassio sorveglia che non si ecceda nell'aggiungere sal d'uranio, perchè immergendo di tanto in tanto in tanto nella soluzione di ferrocianuro una bacchetta di vetro bagnata nell'urina, l'eccesso viene subito svelato dal prodursi d'un colore rosso-bruno (ferrocianuro di uranio).

Si adopera la buretta di Mohr o un bicchiere graduato; si legge sulla graduazione il numero dei c.c. di soluzione d'uranio occorsa: ad ogni centimetro cubico corrispondono gr. 0,00413 d'acido fosforico.

Facendo la soluzione d'ossido giallo d'uranio gr. 20,3 in acido acetico e poi portando questa con aggiunta d'acqua distillata al volume di 1000 c.c. si ha che un 1 c.c. corrisponde a 0,005 di acido fosforico.

È ben evidente che si ricorderà di ridurre questa quantità in rapporto ai centimetri cubici d'urina impiegata.

Carbonati.

Si riconoscono nell'urina i carbonati dalla effervescenza cogli acidi. Prima, però, bisogna riscaldare l'urina per liberarla dell'anidride carbonica in parte sciolta in essa e in parte combinata labilmente ai fosfati.

CAPITOLO 2.°

Sostanze organiche ternarie

§ 1° Alcool—Sono alcool quei corpi organici derivati dalla sostituzione di un ossidrile OH ad un atomo H di un idrocarburo saturo; es. CH metano, da CH alcool, OH metilico.

Alcool etilico.-Degli alcooli, l'alcool etilico C_2H_5CHOH trovasi nel sangue, nel chilo, nell'urina, dopo l'introduzione di alcool o di idrati di carbonio e nel tubo digerente. Allorchè si beve molto alcool questo s'elimina abbondantemente pei reni, e le urine ne sono ricche, pero il trovarsi esso in quest'ultime può dipendere dalla fermentazione del glucosio e decomposizione di esso in alcool ed anidride carbonica, avvenuta fuori dell'organismo.

Queste son le reazioni che svelano la sua presenza:

Trattato a caldo con soluzione di iodo e potassa dà iodoformio; con acido solforico e bicromato di potassa dà un colore verde brillante al liquido che ne tiene in soluzione.

L'ossigeno in presenza della spugna di platino e di corpi ossidanti lo tramuta in aldeide ed acido acetico, riconoscibili per l'odore caratteristico.

Colesterina.

Altro alcool importante è la colesterina $C_{26}H_{44}O + H_2O$ sostanza bianca, cristallizzabile in tavolette romboidali, madreperlaceo, insolubili nell'acqua, nell'alcool a freddo e nell'etere, solubile nell'alcool bollente, nel cloroformio, nella benzina e nel solfuro di carbonio.

La bile ne tiene costantemente in soluzione mercè i glicolati e taurocolati alcalini nel rapporto in peso del 30 a 40 per mille: son di colesterina formati in gran parte i calcoli biliari, i quali od ostruiscono il dotto biliare o passano nel duodeno, donde escono, per le feci.

Nell'urina trovasi patologicamente allorchè la bile è riassorbita dal sangue, non escreta pel coledoco: l'urina allora possiede del pari in soluzione gli acidi ed i pigmenti biliari epperò dicesi urina biliare. Trovasi del pari nell'urina per malattie nervose.

La massa nervosa centrale ne possiede abbondantemente: la sostanza bianca ne è più ricca della grigia, contenendo la prima circa il 50 per cento di colesterina laddove la sostanza grigia ne contiene il 18 per cento. Nella massa nervosa, la colesterina nasce dalla ossidazione dei suoi lipoidi.

La reazione caratteristica della colesterina è quella di dare una colorazione rosso-ciliegia con l'acido solforico a caldo; questo colore si fa prima violetto, poi azzurro con la tintura alcoolica di iodio: lasciato all'aria a poco a poco divien violetto-bleu.

Sciolta nel cloroformio ha gradi di colorazione vari e decrescentemente intensi sino a decolorarsi del tutto.

Evaporata a caldo coll'acido nitrico lascia una macchia gialla che si fa giallo-arancio coll'ammoniaca.

Glicerina.

È un alcool triatomico cioè possiede un radicale $(C_3H_5)'''$ trivalente: l'alcool etilico e la colesterina di cui abbiamo parlato sono manovalenti.

Il radicale (C_3H_7) propile è la base C_3H_8 propano non satura per tre atomi.

La glicerina propilica $C_3H_8O_3$ deriva da sdoppiamento dei grassi alla cui costituzione prende parte il radicale glicerico C_3H_8; saponificando i grassi si ha glicerina, epperò questa trovasi nel tubo digerente dopo l'introduzione di grassi neutri.

La glicerina aumenta considerevolmente la formazione del glicogene nel fegato e l'eliminazione dell'acido urico.

È un liquido incolore o appena gialletto, sciropposo, di sapore dolciastro-piccante; rifrange la luce epperò appare molto chiaro e rilucente; non evapora, ma assorbe dall'aria il vapore d'acqua; è solubile nell'acqua e nell'alcool, ma non, nell'etere, nel cloroformio e negli olii essenziali. È neutra di reazione.

§ 2° Idrati di carbonio.—Diconsi idrati di carbonio quelle sostanze in cui il rapporto ha O ed H è quello che hanno questi due corpi semplici nella molecola d'acqua: esse sostanze ternarie hanno sempre di C sei atomi ovvero un numero di atomi multiplo di sei.

Se ne fanno tre gruppi.

1° gruppo: Amidi, cui appartengono l'amido, la fecola, ed il glicogene.

2° gruppo: Glucosidi cui appartengono glucosio, inosite e levulosio.

3° gruppo—Saccarosi, cui appartengono zucchero di canna, lattosio, mellitosio.

Amido.—$C_5H_{10}O_5$. Al microscopio si presenta costituito di tanti granelli caratterizzati da un ilo od ostiolo (punto centrale più opaco) attorno al quale stanno le zone concentriche dell'amido. Osservandolo ad occhio nudo appare polvere o masse irregolari di una bianchezza caratteristica: la luce del sole cadendo sull'amido lo fa parer lucente quasi fosse formato di piccoli cristallini.

La ptialina sprigiona la granulosa dall'involucro di cellulosa—parti di cui è formato ogni granello d'amido—e la tramuta alla temperatura di 40° centigradi in amidulina che si colora in bleu coll'iodo, poi in eritro destrina che l'iodo colora in rosso. Questa, parte si trasforma in maltosio e zucchero d'uva, parte si trasforma in acrodestrina che resta incolore coll'iodo, ma che precipita coll'alcool in polvere bianca.

Il maltosio e l'acrodestrina vengono dall'enzima pancreatico, la steopsina, o diastasi pancreatica, nonchè dall'azione concorrente della bile e del succo enterico tramutati in glucosio. L'involucro di cellulosa dell'amido viene disciolto.

L'iodo anche in tracce minime colora l'amido in azzurro intenso, dando luogo alla formazione del cosiddetto ioduro d'amido, nome improprio, perchè questo non è un composto chimico a proporzioni definite viene scolorato, dall'alcool, dalla potassa, da altri reagenti e dalla luce solare. È solubile nell'acido nitrico fumante, e la soluzione versata in acqua abbondante dà luogo ad un precipitato bianco polveroso xiloidina esplosivo.

Nell'acido nitrico diluito si trasforma in acido ossalico. A caldo ed a secco l'amido si trasforma in pirodestina: a caldo e ad umido in destrina.

La destrina differisce dall'amido per esser solubile nell'acqua fredda, e pel colorarsi in rosso con l'iodo; è polverulenta, brancastra. Ha comune coi glucosidi la proprietà di ridurre molti composti; si comporta come essi col reattivo di Trommer.

Il glicogene—$6(C_6H_{10}O_5) + H_2O$, Trovasi nel fegato, nei muscoli, nell'ovaia, nel testicolo e nei tessuti embrionali. Si forma per attiva cellulare e trovasi incapsulato nelle cellule epatiche nato, secondo alcuni, dagli idrati di carbonio, secondo altri, dall'albumina. Resto molto discussa questa origine, ma Plüger emise la sua teoria che par risolva la questione in modo se non indiscutibile, al certo molto esatta: crede che il glicogene nasca dal sintetizzarsi nel fegato degli idrati e degli albuminoidi e dal loro successivo sdoppiamento.

Il Puvy crede che la glicogenesi sia un fenomeno post-mortale dovuto a fermenti che divengono liberi colla morte dell'individuo.

Da altri è stato creduto che il glicogene s'originasse nel fegato dal glucosio del sangue che lo attraversa, fondandosi sul fatto che l'inanizione fa sparire il glicogeno dal fegato, pur sapendo che il sangue delle vene sopraepatiche è più ricco in glucosio del sangue della vena porta.

È polvere bianca, insapore, inodore, solubile nell'acqua a caldo, formando una soluzione opalescente. Trattando questa coll'iodo ne vien colorata in rosso vivissimo.

L'azione degli acidi fa trasformare il glicogeno in glucosio del pari lo trasforma in glucosio il sangue che attraversa il fegato: però si noti che nel sangue circolante v'ha glucosio e non glicogene.

Per preparare il glicogeno si immerge il fegato d'un'animale morto da poco tempo nell'acqua a 100°C per impedire l'azion dei fermenti e si riduce in poltiglia.

Da questa si toglie l'albumina col coagularla e trattenerla su filtro: dal filtrato si precipita il glicogene mediante alcool.

Il glicogeno è elemento termogeno per eccellenza: nei muscoli esso è sorgente di forza attiva epperò nei muscoli in lavoro la sua quantità diminuisce notevolmente.

La cellulosa dell'amido rimane dopo l'estrazione della granulosa cui forma scheletro ed involucro. È colorata dall'iodo in giallo rossiccio, mentre la granulosa si colora in violetto cupo.

Trovasi in alcune alghe e nei vegetali, abbondantissima; alcuni batteri (ad esempio il bacillus amylo-bacteri presentano nel loro protoplasma molta cellulosa.

Nelle feci trovasi come prodotto escrementizio.

L'acido nitrico trasforma la cellulosa, quindi la carta, la bambagia di cotone, la paglia, in pirossilina o cotone fulminante, solubile in un miscuglio di alcool ed etere. La soluzione dicesi collodio ed adoperasi a vari usi.

Il reattivo di Schweizer o liquore cupro-ammonico, liquido di colore azzurro intensissimo, che si ottiene per azione dell'aria e del rame sull'ammoniaca, scioglie la cellulosa.

Glucosidi $C_{6}H_{12}O_{6}$.

Composti neutri o lievemente acidi, che si trovano in moltissimi vegetali e prendono gran parte nel ricambio dell'organismo animale.

Glucosio: è abbondante nell'uva e nei frutti acidi.

È cristallizzabile in prismi sottili, raggruppati, solubili nell'acqua e nell'alcool, insolubili nell'etere.

Nell'uomo trovasi normalmente nel sangue, nel chilo e nelle urine; in queste la quantità di glucosio non eccede mai tracce minime normalmente, ma in casi patologici può trovarsi in dose eccessive tanto da dare alle urine un alto peso specifico ed una consistenza siropposa. Lo zucchero diabetico è una modifica allotropica del glucosio e dicesi paraglucosio.

Nel tubo digerente l'origina dall'alimentazione o che tale si introduca o per le modificazioni che subiscono gli altri idrati di carbonio sotto l'azione dei vari enzimi digestivi. Nel sangue ve n'è nel rapporto del 0,5 per 100 nato dallo sdoppiarsi del glicogene iu glucosio ed urea.

Il lievito di birra per azione del Saccaromices cerevisiae lo sdoppia in alcool ed anidride carbonica. Nell'urina diabetica il glucosio subisce lo stesso sdoppiamento per azione di un fermento speciale fatto da cellule rotondeggianti con prolungamenti filamentosi.

Molte reazioni del glucosio sono l'applicazione della sua forza riducente sui vari composti.

1° Reattivo (del Moore): si fa una soluzione di potassa caustica e si aggiungono pochi centimetri cubici di questa all'urina sospetta: riscaldando l'urina s'abbruna e dà odore di caramelle per la formazione d'acido melassico.

2° Reattivo (di Böttcher): si aggiunga carbonato di soda all'urina contenente il glucosio, indi del magistero di bismuto cioè nitrato basico di bismuto e si riscaldi, s'avrà un precipitato grigio e colorazione di tutta l'urina contenuta nel tubo da saggio in giallo-bruno.

3° Reazione (del Trommer). Si aggiunge all'urina da esaminare della potassa caustica e poche gocce di solfato di rame: il liquido prende una colorazione azzurro-oscuro.

Riscaldando s'ha un precipitato giallo di ossidulo di rame dovuto alla riduzione dell'ossido di rame operata dal glucosio.

3^{a} reazione (Selmi). Aggiungendo all'urina poche gocce di soluzione di acido picrico, se questa non contiene glucosio, non altera il color giallo dell'acido, altrimenti si colora in rosso-sangue.

4° reazione (di Callaud).

Evaporando a caldo lentamente, in una capsula, la urina, si depone un precipitato di cristalli prismatici di glucosato di cloruro di sodio di formula: formola

$(C_6H_{12}O_6)^2ClNa+ H.$

Questi cristalli sono solubili nell'acqua e precipitano anidri od idrati.

5° reazione (di Worm-Muller).

È una reazione molto sensibile: si faccia una soluzione di soda caustica in acqua gr. 100, in questa si versi di tartrato doppio di sodio e potassio gr. 10 e di solfato di rame, vitriuolo azzurro, gr. 2,50. Si riscaldino 2 c.c. di questa soluzione e 4 c.c. di urina, in due tubi da saggio: unendo i due liquidi si ha un precipitato giallo di ossidulo di rame più o meno abbondante.

Per il dosamento del glucosio si adopera il liquido di Fehling, il metodo della fermentazione e la saccarimetria.

Reattivo di Fehling.

Si faccia una soluzione di gr. 1,60 di tartrato neutro di potassio in gr. 100 di acqua e si aggiunga a questa una soluzione di gr. 130 di soda caustica in gr. 600 d'acqua. Ottenuto questo miscuglio vi si versi piano piano ed a poco a poco una soluzione di gr. 40 di solfato di rame in gr. 168 d'acqua. Questa col cadere dà luogo ad un precipitato azzurro che subito si scioglie e scompare ed il liquido si fa bleu. Si aggiunga dell'acqua distillata sin che tutto il reattivo prenda il volume di 1155 c.c. e si conservi all'oscuro.

Il liquido di Fehling è reattivo disimetrico: per servirsene si adopera la buretta di Mohr.

Si versa nella buretta l'urina. Aprendo il rubinetto di vetro si fa cadere l'urina in una nota quantità di liquido di Fehling riscaldata. Nel cadere l'urina, il liquido di Fehling si fa dapprima di color rosso bruno indi rosso vivo: si prende questo come termine della operazione tenendo come norma nel calcolo quantitativo che 2 c.c. di liquido di Fehling vengono decolorate da gr. 0,01 di glucosio.

Il metodo della fermentazione s'attua coll'aggiungere all'urina un po' di lievito di birra. Si formerà alcool ed anidride carbonica, dal peso di cui può rilevarsi la quantità del glucosio fermentato.

Si sa che 46,88 parti di anidride carbonica hanno di corrispettivo 100 parti di glucosio.

In pratica si adoperano molti apparecchi, per mezzo dei quali si raccoglie in palloni di vetro l'anidride carbonica per pesarla e dedurre così dal peso le quantita di glucosio esistente. Io userei un apparecchio che per quanto semplice, per tanto a me pare utile e comodo: una bottiglia di Wolf a due gole ha una di queste chiusa mercé un tappo di gomma e l'altra gola comunicante con un tubo ad U mercé un tubo a squadra saldato perpendicolarmente ad una delle branche del primo. Verso nel tubo ad U un po' di mercurio Il quale si mette, come è logico, nello stesso piano orizzontale nelle due branche. Indi verso in quella branca cui è saldato il tubo a squadra una soluzione di potassa caustica e nell'altro tanto d'acqua che faccia equilibrio alla potassa: chiudo la branca in cui v'è la potassa: verso nella bottiglia l'urina con un po' di lievito di birra e chiudo la bocca libera della bottiglia di Wolf. La fermentazione ha luogo e l'anidride carbonica si svolge a man mano viene aspirato, diciam così, dalla potassa con formazione di carbonato di potassa. Aumentandosi il peso della soluzione alcalina, l'acqua salirà nel tubo aperto: una graduazione comune alle due branche mi indica il dislivello, il quale è indice dell'aumento in peso dalla soluzione alcalina, donde può dedursi la quantità del glucosio fermentato. È bene evidente che bisogna, fermentazione completa, aprir la bocca chiusa della bottiglia di Wolf per ridurre la pressione interna eguale alla pressione esterna. Per rendere sensibile quest'apparecchio può darsi alla branca del tubo ad U contenente acqua una inclinazione a piacere, aumentandosi così la lunghezza della colonna d'acqua mobile: la graduazione può darsi ad esso facendo fermentare urine con note quantità di glucosio e servendosi degli indici d'elevazione della colonna d'acqua come punti fissi da potersi usare come punti limiti.

Inosite $C_6H_{12}O_6$ + $2H_2O$: trovasi nel rene, nel cervello, ma soprattutto nei muscoli e specialmente nel miocardio: in questo in alcuni animali è tanto abbondante da dare un sapore dolciastro. È solubile nell'acqua, nell'alcool. Può subire la sola fermentazione lattica in presenza di sostanze organiche in putrefazione. Per riconoscerlo lo si precipita mercé acetato di piombo indi su lamina di platino si addiziona d'acido nitrico e s'evapora a caldo; aggiungendo dell'ammoniaca e del cloruro di calcio, una colorazione rosea svelerà la presenza dell'inosite.

Il nitrato mercurico da coll'inosite un precipitato rosso; questa colorazione peri, è data dal reattivo suddetto anche agli albuminoidi.

Trovasi in vari vegetali specialmente nei legumi, di cui i fagiuoli ne rappresentano un tipo molto ricco, epperò fu creduto che s'originasse nell'organismo animale da essi. Pare però dimostrato che può derivare anche dagli albuminoidi.

—La saccarimetria è un metodo di ricerca qualitativa e quantitativa del glucosio basata sulla deviazione a destra indotta dal glucosio al piano di luce polarizzata. S'adoperano vari saccarimetri in cui si misura la quantità di glucosio dalla deviazione dei raggi polarizzati.

Levulosio: è isomero al glucosio da cui differisce perchè sinistrogiro.

Per azione del succo enterico cioè per l'invertina o fermento inversivo di esso, gl'idrati di carbonio sono tramutati in levulosio.

Saccaridi $C_6H_{22}O_{11}$.

Lo zucchero di canna entra cogli alimenti nel tubo digerente. La saliva e il succo gastrico si comportano con esso come con gli altri idrocarbonati. Non riduce gli ossidi metallici; in presenza dei fermenti può subire la fermentazione lattica.

Il succo enterico per azione sia dell'invertina, che dei fermenti figurati, sdoppia il saccarosio in glucosio e levulosio.

È bianco, cristallizzato in masse dure, solubili nell'acqua, non nell'alcool, nell'etere e negli oli essenziali.

In presenza degli alcali non s'annera.

Un miscuglio d'acido nitrico concentrato ed acido solforico trasforma lo zucchero in una sostanza esplosiva nitro-saccarosio.

Il Lattosio è lo zucchero del latte, trovasi in questo come secrezione specifica dalla glandula mammaria. Non è ben noto come si produca in questa epperò si crede abbia l'attributo di sostanza saccorogena un corpo proteide esistente nel latte. Trovasi nell'urina delle lattanti in caso di ristagno di latte, e del pari dopo l'ingestione di molto latte.

Lo zucchero di latte cristallizza in tavolette rombiche bianche solubili nell'acqua, insolubili nell'etere: devia a destra il piano della luce polarizzata. Può subire indirettamente la fermentazione alcoolica.

Direttamente subisce la fermentazione lattica cioè lo sdoppiamento in acido lattico ed anidride carbonica.

Il Koumis ed il Kefir son due bevande fatte con latte fermentato e che contengono in proporzioni diverse alcool, anidride carbonica ed acido lattico; questo ottenuto per fermentazione diretta, quello per fermentazione indiretta cioè preceduta dal mutarsi il lattosio in glucosio.

Son due bevande di gran valore ed i montanari del Caucaso ne usano come tonico eccellente.

Per riconoscere il lattosio si aggiunge al liquido di cui si sospetta una soluzione di acetato neutro di piombo; riscaldando, il liquido assume un colore giallo bruno che si fa rosso coll'aggiunta dell'ammoniaca.

Il mellitosio si trova abbondante nel miele, in molte specie di Eucaliptus australiane.

È sciropposo. Per azione dei saccarificanti si trasforma in maltosio e zucchero d'uva.

Non fermenta direttamente ma deve sdoppiarsi per fermentare in glucosio e levulosio. Il glucosio fermenta direttamente, il levulosio invece ha bisogno di cambiarsi in glucosio. Devia a sinistra i raggi polarizzati.

Si comporta come tutti i glucosidi coi loro reattivi pero non risponde alla seguente reazione di Krauze cui ben rispondono gli altri.

Si faccia una soluzione concentrata di bicromato di potassio e se ne versino pochi centimetri cubici nel liquido da esaminare, si riscaldi tutto e si aggiungano un tre o quattro gocce di acido solforico: il mellitosio non essendo riducente sull'acido cromico fatto libero dall'acido solforico non darà la colorazione verdastro chiaro che avrebbe data la presenza de gli altri glucosidi.

§ 3.° Acidi—Diconsi acidi organici quei composti che nascono dalla sostituzione d'un gruppo carbossilico ad un atomo d'idrogeno di un idrocarburo saturo es:

CH_{3} da $CH_{3}COOH$. metano acido acetico

Acido lattico: di questo acido vi son quattro isomeri della formula $C_{3}H_{6}O_{3}$ e sono: acido etilidenolattico, acido etilenolattico, acido sarcolattico, acido idracilico.

L'acido etilideno lattico è un liquido sciropposo, igroscopico, solubile nell'etere. Trovasi nel contenuto gastrico normalmente sia che si consideri come una secrezione specifica delle glandule gastriche sia che si creda origini dalle fermentazioni.

Il latte, dopo non molto tempo irrancidisce; questo tempo s'accelera tenendo il liquido all'aria e ad alta temperatura, pero non superiore ai 50°C. si fa lunghissimo se il latte si tiene ben chiuso ed al fresco.

Ciò pare che si possa spiegare ammettendo l'azione simultanea, nella fermentazione, dei fermenti e di un enzima proveniente al certo dalla glandula mammaria stessa: però questo non è ben dimostrato.

Il contenuto gastrico ne è relativamente più ricco nel termine del periodo di chimificazione.

Per riconoscerne la presenza e separarlo dall'acido cloridrico, si usa il metodo del coefficiente di partizione che consiste, come ho detto parlando dell'acido cloridrico, nell'aggiungere acqua ed etere. L'acqua tira a sé l'acido minerale, l'etere l'acido organico: separando questi due solventi, come è logico, trascineranno con loro i corpi in soluzione. Si svela la presenza dell'acido lattico versando nel liquido da esaminare una piccola quantità di percloruro di ferro: s'avrà un precipitato gialletto di lattato di ferro.

Si va più immuni da errori col reattivo di Uffelmann, che si prepara facendo una soluzione di 6 gocce di percloruro di ferro in 40 centimetri cubici di acqua distillata cui si aggiungono in ultimo 4 gocce d'acido fenico.

Una soluzione di carbonato di rame versata in un liquido contenente acido lattico, da una colorazione verde azzurrognola, per la formazione di lattato di rame.

In tutte le reazioni che si fanno per svelar la presenza dell'acido lattico, si badi a portar via precedentemente le albumine che potrebbero nascondere i precipitati: per separarle, basta riscaldare moderatamente e poi filtrare il liquido da esaminare.

Scaldando l'acido lattico con acido solforico si sviluppa ossido di carbonio, che si riconosce avvicinando un po' di ossido rameoso il quale è polvere di colore rosso vivo: l'ossido di carbonio lo riduce in rame ed anidride carbonica.

L'ossido di carbonio brucia con fiamma azzurra.

Evidentemente dalla presenza dell'ossido di carbonio si deduce la presenza dell'acido.

L'acido etilideno lattico è inattivo sui raggi polarizzati mentre l'acido etinolattico è destrogiro. Da sali il cui coefficiente di solubilità è maggiore di quello dei sali dell'acido etinolattico, epperò si tien come norma nella distinzione tra i due acidi.

È un liquido lievemente gialletto inodore solubile nell'acqua, nell'alcool, nell'etere.

—L'acido etilenolattico trovasi nel succo muscolare che si ricava facendo l'infuso acquoso dei muscoli; in questi è accompagnato dall'acido sarcolattico cui rassomiglia differendosene per le molecole d'acqua di cristallizzazione dei sali cui formano e specialmente per essere l'etilenolattato di zinco amorfo ed il sarcolattato, cristallino.

È un liquido di consistenza sciropposa, incolore solubile nell'acqua, nell'alcool, nell'etere.

—Acido sarcolattico da carne: fu così chiamato da Liebig l'acido lattico che si trova nel muscolo morto o stanco proveniente o dalla fermentazione lattica dell'inosite o dall'ossidazione funzionale di questa.

Per riconoscerlo si aggiunge al liquido da esaminare un po' di carbonato di rame, si ha un precipitato di globetti di sarcolattato di rame: questo pero è poco solubile nell'alcool e in ciò differisce dal lattato di rame ottenuto cogli altri isomeri.

L'acido sarcolattico sotto l'influenza del calore si muta in acido lattico ordinario.

—Acido idracrilico: è isomero all'acido lattico. Hammerstenn dice che finora non fu trovato nell'organismo, Wislicenius dice d'averlo trovato nell'edema di un ammalato d'osteomalacia.

—Acido colalico $C_{24}H_{40}O_{5}$. Si forma nella bile in decomposizione: epperò trovasi nelle feci. Trovasi nel contenuto intestinale allorchè le fermentazioni eccessive rendono insufficiente il potere antiputrido della bile. L'acido colalico cristallizza in prismi rombici o in tavole aggruppate; questi son solubili più a caldo che a freddo nell'alcool epperò facendone soluzioni a caldo si hanno precipitati col raffreddarsi dei mezzi solventi.

Nella bile trovasi accoppiato a glicina formando acido glicocolico ed a taurina formando acido taurocolico.

La reazione per gli acidi biliari è di Pettenkofer e consiste nell'aggiungere un po' di saccarosio alla urina e far che vi si sciolga agitando il liquido nel tubo da saggio, indi si aggiunge un po' d'acido solforico concentrato: la presenza degli acidi biliari si svelerà col comparire di una colorazione rosso intensa. Questa reazione serve benissimo anche per l'acido colalico.

Per ottenere l'acido colalico o dalla bile o dalle feci, si bollono queste con soluzione satura di potassa: si formerà colalato di potassa. Indi si aggiunga un poco di acido cloridrico, si formerà cloruro di potassio, restando d'altra parte l'acido colalico il quale essendo poco solubile precipiterà cristallizzato, sol che si lasci il liquido in riposo.

Facendo bollire con acidi o con barite o potassa oppure riscaldando a 200° o per le putrefazioni intestinali, l'acido colalico si scinde in dislisina e acqua. Le dislisine nascono dalla disidratazione degli acidi, epperó bolliti con corpi idratanti ridanno gli acidi stessi. La dislisina dell'acido colalico trovasi nelle feci e nelle urine itteriche

$C_{24}H_{40}O_{5}-2H_{2}O = C_{24}H_{36}O_{3}$
acido colalico dislisina

—L'acido coleidinico $C_{24}H_{38}O_{2}$ trovasi nella bile; nasce da disidratazione dell'acido colalico epperò trovasi nelle feci.

—L'acido acetico $C_{2}H_{4}O_{2}$ trovasi nel contenuto gastrico ed intestinale, nel sangue, nell'urina, nei muscoli.

È un liquido che si ottiene dall'ossidazione dello alcool etilico: normalmente si ricorre al mycodermi aceti, il quale è un fermento organizzato e si fa agir questo in presenza dell'aria; pero può ancora ottenersi l'ossidazione sotto l'influenza del nero di platino.

Cristallizza formando coll'acqua un idrato; nell'acqua è solubilissimo. È riconoscibile pel suo odore caratteristico: può riconoscersi del pari aggiungendo un po' d'ossido di rame al liquido da esaminare. L'ossido è rosso ed insolubile, si formerà acetato di piombo, solubilissimo di color verde-rame.

—L'acido formico trovasi in tracce nell'urina, nel sudore, nel sangue; è un liquido incoloro, solubilissimo nell'acqua. Trovasi allo stato cristallino alla temperatura di 1°C. sopra zero. Odora d'aceto: è irritante molto sulla pelle, producendo delle flittene dolorose: l'acido solforico lo decompone, disidratandolo, in acqua ed ossido di carbonio $CH_{2}O_{2}-H_{2}O = CO$. Forma sali solubilissimi ad eccezione di quelli di piombo, poco solubili a freddo non molto a caldo.

—L'acido ossalico $C_{2}H_{2}O_{4}$ trovasi nell'urina o in soluzione o entrando nella formazione di calcoli vescicali.

È bianco, cristallino solubilissimo, nell'acqua: colla potassa forma un sale detto sale d'acetosella acidissimo.

Trattato con un po' d'acido solforico si decompone in anidride carbonica, ossido di carbonio ed acqua:

$$C_{2}H_{2}O_{4}-H_{2}O = CO_{2} + CO$$
Acido oss. An. carb. Oss. carb.

Nell'urina trovasi combinato alla calce formando ossalato di calcio: questo è assolutamente insolubile nell'acqua, però si scioglie in presenza del solfato acido di sodio, dell'urea e di sali alcalini.

Per precipitarlo dall'urina basta aggiungere dell'ammoniaca: al microscopio si presenta in cristalli a forma di busta da lettere o a forma di piccoli prismi con basi piramidali. Talvolta assume la forma di dumb-bells, quasi costituiti da fasci di cristalli filiformi stretti nel mezzo. Nel consueto si deduce la quantità dell'ossalato di calcio dell'urina dal numero di cristalli che capitano sotto la lente del microscopio in una o più osservazione.

Per dosarli completamente si aggiunge ad un determinato volume di urina, dell'ammoniaca in eccesso ed un po' di soluzione di cloruro di calcio: precipiterà ossalato di calcio; prima di raccogliere il precipitato sul filtro si aggiunga dell'acido acetico in tenue quantità. Indi si filtri il liquido; ciò che si raccoglie sul filtro si lavi, si dissecchi e si pesi.

Può trovarsi nell'urina quantità non grande di ossalato di calcio specialmente in seguito a stati ipostenici nervosi o in seguito a cibi ricchi di acido ossalico: il trovarne normalmente ed in abbondanza costituisce una malattia detta ossaluria.

—Acido valerico. $C_5H_{10}O_2$. Trovasi nel sudore cui dà il puzzo caratteristico e specialmente nel sudor putrido e negli escrementi nato dalle varie fermentazioni. Ha odor di valeriana dispiacevolissimo e penetrante. È un liquido incoloro poco solubile nell'acqua forma sali solubili.

—Acido caproico. $C_6H_{12}O_2$. Trovasi nel sudore, è liquido inodore, insolubile nell'acqua, solubile nell'alcool.

—Acido caprilico $C_8H_{16}O_2$: accompagna il precedente. Hanno tutti e due il caratteristico odor di sudore.

—Acido caprinico $C_{10}H_{20}O_2$: liquido poco solubile con odor di sudore.

—Acido butirico $C_4H_8O_2$: trovasi nel sangue, nell'urina, nel sudore, nel latte, nel contenuto del tubo digerente. Nel latte trovasi allo stato di etere butirico; nel tubo digerente può trovarsi per fermentazione indotta dal bacillus butiricus.

Il bacillus butiricus tramuta il lattato di calcio in butirrato di calcio, carbonato di calcio, anidride carbonica ed idrogeno. Valga la seguente equazione della fermentazione:

$2(C_2H_5O_2)^2Ca + H_2O$ lattato di calcio

$=(C_4H_7O_2)^2Ca + CO_3Ca + 3CO_2 + 4H_2$
butirato di calcio, carb. di calcio anidr. carb.

V'ha formazione d'idrogeno nelle fermentazioni pel bacillus butiricus: è questa una delle sorgenti dell'idrogeno nel tubo intestinale.

L'acido butirico è un liquido incoloro, solubile, d'odor fetido di burro irrancidito.

—Acido oleico $C_{18}H_{34}O_2$ trovasi nell'adipe. Nei grassi trovasi allo stato di oleina, gliceride dell'acido oleico assieme all'acido stearico e palmitico.

È cristallino a bassa temperatura; liquido a 14° sopra zero irracidisce prontamente, è solubile poco nell'alcool freddo moltissimo nell'alcool caldo, è solubile del pari nell'etere, è insolubile nell'acqua.

— L'acido oleico si trasforma sotto l'azione dell'acido nitroso in acido cianidrico.

Coll'acido solforico e zucchero di canna dà una colorazione rossa quasi simile a quella che gli acidi biliari danno nella stessa reazione.

— Acido stearico $C_{18}H_{36}O_2$: trovasi nell'adipe e in tutti i grassi animali allo stato di etere glicerico cioè sotto forma di stearina: trovasi nel pus, nelle masse caseose tubercolari.

È cristallino in lamine rombiche, solubile nell'alcool, nell'etere, insolubile nell'acqua. È inodore, insipido, di consistenza molle.

—L'acido palmitico $C_{16}H_{32}O_2$ trovasi nell'adipe, nel sangue, nel burro. È cristallino in aghi bianchi solubile nell'alcool, nell'etere, nel cloroformio e nella benzina.

—L'acido margarico trovasi nell'adipe: esso è un miscuglio d'acido palmitico e stearico.

È solido, bianco: in commercio è impiegato a formar candele steariche.

§ 4.° Eteri.—Diconsi eteri alcuni corpi organici derivanti dalla sostituzione d'un radicale alcoolico od acido all'idrogeno ossidrilico degli alcool, ad esempio:

CH_3OH dà CH_3OCH_3 alcool metilico

La glicerina è un alcool triatomico, forma eteri glicerici: è a questi che comunemente si da il nome di grassi che nascono dalla sostituzione ad uno, a due, o a tutti e tre gli atomi di idrogeno della glicerina dei radicali degli acidi grassi; ad es. la palmitina cioè palmitato di glicerina deriva da sostituzione a tutti e tre gli atomi di H ossidrilici della glicerina del radicale dell'acido palmitico.

§ 5.0 Eteri glicerici—I grassi più importanti nella nostra economia sono l'oleina, la palmitina e la stearina: questi due ultimi mischiati insieme formano la margarina.

Oleina. Trovasi nell'urina, nel chilo, nel tubo digerente. Nel sangue ve n'è nuotante nel siero o incapsulato dai leucociti epperò in esso la quantità di grassi è quasi nulla nei periodi lontani dal pasto, è massima nel periodo di chilificazione.

È nell'intestino che i grassi si emulsionano. Intendesi per emulsionamento dei grassi la divisione che essi subiscono in piccoli globetti, tenuti in sospensione in un liquido.

Ciò è possibile allorchè il liquido è alcalino e tiene in dissoluzione un albuminoide qualsiasi: agitando in questo un grasso, l'albuminoide tenuto in dissoluzione farà una cuticola ai globetti che si formano coll'agitare il liquido.

Prima pero che questo strato albuminoide si formasse già l'alcali del liquido aveva saponificata la superficie dei globetti di grasso, i quali resteranno così, involti da una parete di sapone e da una parete di materia albuminoide: questa, di cui è discussa l'esistenza, dicesi membrana aptogena di Anderson.

La bile, il succo pancreatico ed il succo enterico emulsionano i grassi e rendono possibile il passar di questi nelle vie linfatiche e chilifere. La bile da ai grassi una emulsione grossolana, il succo pancreatico ed il succo enterico danno ai grassi una emulsione fina e persistente.

Il grasso s' origina nell'organismo dagli alimenti. Pero trovandosi grasso anche negli animali erbivori deve dedursene che il grasso può formarsi anche dagli idrati di carbonio; ad esempio le api si nutrono del nettare dei fiori eppur danno cera cioè grassi.

Anche gli albuminoidi possono essere trasformati in grasso: prova ne sia l'adipo-cera cadaverica e del pari il trovarsi trasformato in grasso l'albume d'uovo che noi avessimo posto sotto la cute d'un animale.

È certo però che la qualità di grasso dell'organismo, è in determinato rapporto col grasso degli alimenti.

I grassi come termine ultimo delle loro modificazioni danno acqua ed anidride carbonica, però percorrono numerose vie prima di giungere a quest'ultima modificazione. Nell'intestino ad esempio i grassi neutri si scindono parzialmente in glicerina ed acidi grassi e si saponificano parzialmente.

I grassi all'aria irrancidiscono e prendono così un odore disgustante, nauseoso: questo è dovuto alla formazione di acidi grassi di odor fetido quale valerico, caprico, caproico ed altri.

Elevando ad alta temperatura i grassi o trattando la glicerina a caldo con solfato potassico si hanno vapori di acroleina $C_{3}H_{4}O$ liquido di odore irritante incolore, che bolle a 52°, poco solubile nell'acqua avidissimo d'ossigeno.

Per separare i grassi dai liquidi che li tengono in emulsione si aggiunge a questo un alcali e dell'etere e si agita. Il grasso vien disciolto dall'etere.

Per separare i grassi neutri dagli acidi grassi in un miscuglio può aggiungersi della soda: questa formerà il sapone del grasso neutro rispettando il grasso acido, epperò versando in ultimo dell'etere e dell'acqua, i saponi si scioglieranno nell'acqua, i grassi nell'etere.

I grassi del pari che gli acidi grassi rendono rossa, la tintura d'alcanna di color bleu. L'acqua riscaldata in tubi chiusi a 200° sdoppia i grassi neutri in glicerina ed acido grasso.

I principali grassi neutri dell'organismo animale sono l'oleina, la stearina, la palmitina, la margarina, la butirina.

L'oleina costituisce l'elemento liquido degli olii; è denso, incolore.

Quella del corpo umano è giallastra non per variazione della oleina ma per la presenza di uno speciale pigmento detto luteina (di cui parleremo in seguito) che trovasi anche negli altri grassi dando all'adipe il colore giallastro caratteristico.

Oltrechè come costitutivo dell'adipe l'oleina trovasi allo stato naturale e allo stato di oleati alcalini nel tubo intestinale, data dagli alimenti.

Si ricava l'acido oleico dall'oleina facendo agire a caldo sulla oleina l'acqua e il litargirio ridotto in polvere finissima.

L'oleina scioglie gli altri grassi epperò la sua presenza è sempre associata ad un grado maggiore o minore di fluidità.

La stearina trovasi nell'adipe; è cristallizzata in squamette rombiche insolubili nell'alcool e nell'etere.

La palmitina trovasi del pari nell'adipe; è solida, cristallizzata in aghi bianchi, insolubile nell'acqua, solubile nell'alcool e nell'etere.

La margarina è un miscuglio di stearina e palmitina: essa trovasi nel burro del latte di cui è il costituente più importante, assieme ad altri grassi.

CAPITOLO 3.°

Sostanze quatarnarie non azotate

Son due solamente le sostanze quaternarie importanti, non azotate: l'acido fosfoglicerico e l'escretina.

L'acido fosfoglicerico $C_3H_9PhO_2$, trovasi nel tessuto nervoso: è un liquido denso incolore che s'ottiene dalla decomposizione del protagono e della lecitina. Quest'ultima trattata con acqua di barite da acido fosfogligerico, neurina e stearato di barite.

L'escretina $C_{78}H_{156}SO$, si trova nelle feci; cristallizza in piccoli prismi solubili nell'alcool, nell'etere, insolubili nell'acqua, e nel cloroformio. Non è ben nota la sua origine.

CAPITOLO 4.°

3° gruppo—Composti azotati

§ 1.

Sostanze albuminoidi.

Sotto questo nome va compreso un gruppo estesissimo di corpi di costituzione molto complessa, incristallizzabili quasi tutti, tutti levogiri e di natura colloide, cioè difficilmente diffusibili attraverso membrane porose, essendo fornite di bassissimo indice o coefficiente osmotico.

Nella maggior parte, queste sostanze hanno una modifica solubile nell'acqua ed un'altra insolubile: il passaggio dall'una forma all'altra dicesi coagulazione.

Alcuni corpi albuminoidi sono solubili nell'acqua, altri non lo sono: è stato messo in dubbio la solubilità dei primi e fu creduto che le albumine sono in uno stato di diffusione molecolare non allo stato di soluzione.

Tutti gli albuminoidi diventano solubili per opera degli alcali.

Evaporati nel vuoto a 30°C. lasciano dei residui in parte solubili nell'acqua: evaporati a temperatura più alta danno residui non più solubili: disseccati ancora danno masse amorfe, trasparenti, giallastre.

Riscaldati a più di 110 gr. si decompongono, diventano brune e danno luogo a vari prodotti volatili d'odor di corno bruciato e a residui fissi che son le ceneri, composte di carbonati alcalini e di fosfato di calcio. Questi trovansi sempre nelle sostanze albuminoidi.

Bollendo qualsiasi albumina con acido forte si ha prima la riduzione in peptone e poscia una riduzione in ammoniaca, anidride carbonica, leucina, tirosina, acido asparaginico, acido blutamidico.

Del pari fondendo le albumine con potassa caustica si ha ammoniaca, anidride carbonica, leucina, tirosina, acido ossalico, acido solforoso, scatolo, indolo e fenolo.

Le decomposizioni da putrefazioni degli albuminoidi sono le stesse che a questi inducono gli alcali caustici.

Tutti gli albuminoidi, come ho detto, son solubili in soluzioni d'alcali caustici: nelle soluzioni che si hanno trovansi dei solfuri e solfati del metallo dell'alcali impiegato, epperò s'ammette che nell'albumina il solfo sia doppiamente combinato. La costituzione atomica degli albuminoidi è complessa e la loro grandezza è enorme in paragone a quella dei corpi minerali ed anche di molti corpi organici.

Il Mulder crede l'albumina composta da sulfamide con la proteina; la quale, secondo lui, è il radicale organico di tutti gli albuminoidi.

La proteina è priva di solfo: essa s'ottiene precipitando mediante un acido, un'albumina in soluzione in un liquido alcalino.

Altre opinioni furono emesse, senzachè alcuna di esse risolva pienamente la questione e per molti chimici insigni è incerto se l'albumina sia un vero principio immediato: questi dubbi sono spiegati pel modo duplice di accoppiamento atomico del solfo e pel modo come l'albumina si comporta coi solventi. Ad esempio: facendo una soluzione di albumina in acido acetico e aggiungendo della potassa anche in eccesso accade che una parte dell'albumina precipita, un'altra parte è trattenuta in soluzione.

Varie formole furon date delle varie albumine. Il Mulder dette per l'albumina tipo $C_{90}H_{278}Az_{???}SO_{???}$ il Liebig invece formuli, $C_{216}H_{676}Az_{102}S_{3}O_{68}$ e Lieberkun $C_{72}H_{224}Az_{36}SO_{???}$

L'albumina trovasi nel sangue, nelle uova, nella linfa, nel chilo, nei muscoli, nella sostanza nervosa, nel pancres, nel liquido di Cotugno, cerebro-spinale, nel liquido dell'amnios, nel liquido sinoviale, nel latte, nel cristallino, nella tunica media delle arterie.

Se ne trovano tracce nella saliva per secrezione parotidea.

Ecco un quadro che dà il rapporto su mille della quantità di albumina nei vari liquidi e tessuti secondo Gorup-Besanez:

Midollo spinale..........74,9
Cervello................86,3
Fegato.................117,4
Timo...................122,9
Uovo di pollo..........134,3
Muscoli...............161,8
Tunica media arteriosa..273,3
Cristallino.............383
Liquido cerebro spinale...0,9
Umore acqueo..............1,4
Liquido amniotico.........7
Succo enterico...........9,5
Siero pericardico........23,6

Linfa...................24,6
Succo pancreatico.........33,3
Sinovia 39,1
Latte...................39,4
Chilo...................40,9
Sangue..................195.6

L'albumina non trovasi mai nell'urina normale vi si trova invece in condizioni patologiche.

Nei vari liquidi e tessuti l'albumina s'origina dell'alimentazione peri, dopo aver subite la peptonizzazione gastrica, la peptonizzazione finalmente pancreatica, la riduzione in albuminati alcalini, poi in siero-albumina ed in globulina: quest'ultima riduzione vien prodotta sugli albuminoidi dal sangue arterioso. La globulina resta nel sangue pronta a darsi ai tessuti allorchè questi sono inaniti nella loro normale nutrizione per lo sviluppo delle varie funzioni, le quali, come è facile ad intendersi disquilibrano la nutrizione cellulare.

L'organismo animale non crea l'albumina, modifica solamente quella che ad esso proviene dal regno vegetale: questo crea la vita, l'animale utilizza e trasforma la forza che il vegetale ha già immagazzinato creando.

Caratteri generali degli albuminoidi e reattivi.

—L'acido nitrico concentrato colora gli albuminoidi in giallo-aranciato formandosi un coagulo dello stesso colore che si scioglie gradatamente tingendo il liquido del suo colore. A questo corpo giallo il Mulder dette il nome d'acido xantropateico.

—Trattati con agenti ossidanti come perossido di manganese, bicromato di potassa si producono aldeidi benzoica, acetica, propionica, valerica, riconoscibili anche solo dall'odore caratteristico.

—Il reattivo di Millon o nitrato acido di mercurio precipita gli albuminoidi colorandosi in rosso cupo. Per preparar questo reattivo si fanno agire a caldo due parti di acido nitrico fumante su d'una parte in peso di mercurio; il corpo formatosi, sciolto in acqua costituirà il liquido del Millon.

—Coll'acido solforico e collo zucchero di canna si coleranno in violetto-porpora.

—L'acido cloridrico scioglie le materie albuminoidi all'aria, colorandosi in violaceo azzurro.

Tutti gli acidi precipitano le albumine dalle loro soluzioni ad eccezione pero degli acidi formico, acetico, tartarico, e fosforico i quali, allorchè sono in un lieve eccesso, sciolgono le albumine. Oltre questi acidi scioglie gli albuminoidi il reattivo di Schweizer del quale ho parlato nel paragrafo della cellulosa.

Per riconoscere le albumine nei vari liquidi e per dosarne la quantità si fa uso di vari metodi.

Il calore s'utilizza il più delle volte: riscaldando il liquido da esaminare tra 70° e 80° C., le albumine in esso contenute coagulano e precipitano. Il precipitato si filtra, si lava, si secca, si raccoglie e si pesa.

Hoppe Seyler consiglia di acidular con molto acido acetico il liquido da esaminare, indi aggiungere un egual volume di soluzione salina satura o di cloruro di sodio o di solfato acido di soda o di solfato di magnesio; questo metodo farà evidenti anche delle minime tracce di albumina epperò è da usarsi preferibilmente nell'analisi delle urine.

Un metodo dosimetrico esatto è quello di Esbach. Si fa una soluzione a caldo di 5 gr. d'acido picrico e 10 d'acido citrico in mezzo litro d'acqua distillata; per dosar l'albumina con questo reattivo, si usano dei tubi con graduazione speciale che si vendono sotto il nome di albuminometri Esbach; in questi vi ha, andando dal fondo alla superficie, una scala graduata, più su un segno cui corrisponde un U e più in alto ancora un segno cui corrisponde un R. Si versa la urina sino al segno U, vi si aggiunge di reattivo tanto che si vada fino al segno R.: dopo molte ore, leggendo alla scala annessa si vedrà il numero delle graduazioni occupate dal precipitato, corrispondenti ad altrettanti grammi d'albumina.

Hoppe Seyler fa di tutti gli albuminoidi 8 gruppi:

1° Albumine solubili. 2° Globulina. 3° Fibrina. 4° Acidalbumina. 5° Albuminati alcalini. 6° Sostanza amiloide. 7° Peptone. 8° Albumina coagulata.

1° gruppo—Albumine solubili.

Questo gruppo comprende l'albumina dell'uovo, la albumina del sangue e l'albumina muscolare, la quale non si confonda con la miosina, appartenente al secondo gruppo.

Nel sangue v'ha in media gr. 70 su mille di seroalbumina: questa devia di 56 gradi a sinistra la luce polarizzata.

L'albumina muscolare ricavasi dal succo del muscolo, che s'ottiene per compressione: col coagular la miosina, il plasma residuo contiene tre albumine, che precipitano col calore di 45° a 70°C.

Per separar le albumine dai liquidi che ne contengono in soluzione, s'usa di aggiungere al liquido un po' d'acido acetico ed indi far passare una corrente d'anidride carbonica attraverso lo stesso. Il liquido filtrato, si passa nel dializzatore: i sali che stanno in soluzione, passeranno, l'albumina invece, essendo di natura colloide, non passera e sarà trattenuta.

Per separar l'albumina dall'uovo, il Wurtz propose di aggiungere un po' d'acetato basico di piombo all'albume d'uovo, precedentemente allungato con acqua e filtrato attraverso un panno, dopo pero d'averlo ben, bene sbattuto. L'acetato di piombo produce un abbondante precipitato, che si raccoglie e si lava; indi si fa di esso con acqua della poltiglia, in cui si fa passare una corrente di anidride carbonica la quale fa dell'albuminato di piombo formato, albumina, che rimane sciolta, e carbonato di piombo che precipita.

Filtrando, il carbonato di piombo resta nel filtro, la soluzione albuminosa passa attraverso: essa evaporata a 40° C. dà in ultimo albumina pura.

L'albumina del siero e l'albumina del sangue tutte e due vengono precipitate dall'acetato di piombo: però allorchè sono in soluzione nei loro liquidi naturali, non si comportano egualmente coll'etere che coagula la prima, ma non coagula la seconda.

L'albumina dell'urina dei brigtici, paralbumina, si distingue per vari caratteri: essa precipita incompletamente mercè il calore e l'acido nitrico; è precipitata dall'alcool, però il precipitato si ridiscioglie a poco a poco.

2°gruppo—Globulina.

Questo nome deriva agli albuminoidi di questo gruppo dall'appartenere ad essi quello di cui è formato la lente cristallina in latino globulus.

La globulina trovasi nei globuli del sangue e nella lente cristallina; è insolubile nell'acqua, solubile nella soluzione di cloruro di sodio. Nella soluzione di solfato di magnesio al 5% è solubile, peri, vien precipitato, aggiungendo altra quantità dello stesso sale. La globulina si tramuta in acidalbumina facendola bollire con acido idroclorico allungato.

Coagula mercè il calore, però ad una temperatura più elevata di quella che fa coagular l'albumina.

L'emoglobina è la sostanza colorante del sangue formata di globulina e di ematina; essa cristallizza in vario modo a seconda degli animali donde si ricava; si scioglie nell'acqua, s'altera mercè l'alcool e il cloroformio.

In contatto dell'ossigeno dell'aria si tramuta in ossiemoglobina, per ridiventare emoglobina ridotta dopo chè i tessuti avranno tolto ad essa l'ossigeno.

Pfluger, Beaunis, Schoenbein ed altri sostengono che l'ossigeno dell'aria, in contatto dell'emoglobina, si tramuta in ozono che in parte ossida l'emoglobina, in parte resta in soluzione nel sangue in uno stato di grande attivita. L'emoglobina è ossidata intensamente dall'ozono che da ad esso il colorito rosso vermiglio caratteristico del sangue arterioso; l'azione prolungata dell'ozono da al sangue un colore rosa pallido.

L'alcool la precipita dalle sue soluzione acquose dandole un color rosso chiaro; precipitata, dopo poco tempo, si decompone.

L'ossido di carbonio si combina all'emoglobina, formando un composto stabile che può cristallizzare e che Hoppe-Seyler chiamo emoglobina ossicarbonata; questa è di colore cupo azzurrognolo, epperò da il suo colore al sangue, allorchè questo gas infesta le vie circolatorie. L'ossido di carbonio, combinandosi all'emoglobina, gli toglie la facoltà di ossidarsi e di cedere l'ossigeno ai tessuti: tale è l'influenza tossica di questo gas.

L'emoglobina consta di globulina e di ematina: questa è un pigmento contenente ferro. Per dosare la quantità di emoglobulina nel sangue, sia a scopo teoretico, sia a scopo clinico, si fa uso dei vari globulimetri ed emometri.

Il globulimetro di Mantegazza consiste in una bottiglina larga e schiacciata, di quelle che frequentemente sono porta-odori. In questa si mette il sangue diluito e, attraverso di esso, si guarda una fiamma la quale, evidentemente, si vedrà più o men bene, secondochè meno o più ricco di globuli è il sangue da esaminare. Indi si frappongono alla bottiglina ed alla fiamma dei vetri colorati in bleu-azzurro, che è il colore complementare al color del sangue. Allorchè si sarà aggiunto tal numero di vetrini colorati che la fiamma si vedrà netta, potrà dedursi da questo la ricchezza del sangue in emoglobina: questo apparecchio è pero un emocromometro più che un globulimetro.

Per calcolare il numero dei globuli si diluisce il sangue con una soluzione alcalina indifferente e se ne osserva una nota quantità al microscopio, con obbiettivo fornito di una rete micrometrica. Questa rende possibile il contare esattamente i globuli: più osservazioni ripetute saranno sufficienti ad indicar il numero dei globuli ematici con grande approssimazione, sol che si badi a tener conto della diluizione fatta.

A questo gruppo appartiene la vitellina che trovasi nel tuorlo dell'uovo associata colla lecitina.

La miosina è tenuta in dissoluzione nel sarcolemma (Kuhne). Ha la proprietà di coagulare spontaneamente dopo la morte, ed è però il fattore della rigidità muscolare cadaverica. È molto solubile negli alcali diluiti e negli acidi.

La paraglobulina o sostanza fibrinoplastica si trova nel siero del sangue, nei corpuscoli bianchi, nel connettivo ecc. assieme al fibrinogeno: queste due sostanze non reagiscono nei vasi integri: allorchè le pareti interne di questi s'alterano o il sangue fuoriesce in massa, s'ha la coagulazione.

Schmidt isola la para dalla meta-globulina facendo passare una corrente di anidride carbonica nel sangue di cavallo, in cui essendosi aggiunto del solfato di sodio, in soluzione, per ritardar la coagulazione, siano precipitati i globuli ematici. Dopo alquanto tempo si hanno alcuni fiocchi che, separati colla filtrazione, tolgono al sangue la facoltà di coagulare (sostanza fibrinoplastica): facendo passare ancora altra anidride carbonica si separeranno delle masse vischiose, le quali aderiranno alle pareti del recipiente (sostanza fibrinogena).

Queste due sostanze sono insolubili nell'acqua bollita o carica di gas acido carbonico, tutte e due riducono l'H_2O_2 in $H_2O + O$.

Sono solubili negli alcali caustici allungati: la differenza più spiccata tra di loro sta nella temperatura in cui le loro soluzioni coagulano.

3.° gruppo: fibrina.

Questa trovasi coagulata nel sangue, linfa, chilo, essudati patologici. Si prepara ordinariamente agitando dei vimini nel sangue uscente dai vasi: la fibrina s'appiglia ad essi sotto forma di fiocchi i quali, lavati ripetutamente in acqua ed alcool danno fibrina pura. Questa si presenta come massa gelatinosa, allo stato umido, ed, allo stato secco, come fiocchi bianchi insolubili nell'acqua. Gli alcali disciolgono la fibrina con produzione di albuminati alcalini.

Gli acidi concentrati non disciolgono la fibrina, che invece si scioglie allorchè essi sono in soluzione. Una soluzione d'acido cloridrico trasforma la fibrina in una gelatina trasparente. La fibrina decompone l'H_2O_2 in $H_2O + O$: perde questa proprietà col riscaldamento oltre i 72° centigradi.

Nel sangue v'ha di fibrina circa 3 gr. su mille: allorchè la si fa coagulare spontaneamente da esso, è rossiccia perchè ha impigliati come in una rete tutti gli elementi istologici di esso. Essa s'origina fuori dell'organismo oppure in esso dall'azione del fibrinogeno sul fibrinoplasto.

4.° gruppo: acidalbumina.

È un albuminoide insolubile nell'acqua, nei sali neutri nella soluzione di nitro ed in quello di cloruro di sodio. È solubilissimo nei liquidi alcalini e nell'acido idroclorico in soluzione all'uno per mille. Non decompone l'acqua ossigenata: è precipitata dalle soluzioni alcaline da una corrente d'anidride carbonica. Si presenta bianca, gelatinosa: pare che sia il primo stato della trasformazione degli albuminoidi sotto l'azione del succo gastrico.

5.° gruppo: Alcali albumina.

Di questo gruppo è da considerare la caseina che si trova nel latte, in quantità variabile pei diversi animali, nel latte di donna trovasi normalmente nel rapporto circa del 40 su mille: trovasi in gran parte sciolta, in parte coagulata ed in parte trovasi attorno ai globetti del latte a formar la membrana aptogena.

Col riscaldamento si forma sul latte ciò che noi chiamiamo panno: è questo un coagulo di caseina.

La caseina è coagulata ancora dagli acidi fuorchè dagli acidi tartarico, cianidrico, dal caglio o presame che trovasi nell'abomaso o quarto ventricolo dei ruminanti. Allorchè s'ha nel latte la putrefazione pel bacillus lactis la caseina, vien coagulata dall'acido latico formatosi.

La caseina è più solubile nel succo pancreatico che nel succo gastrico: in questo coagula e per azione dell'acido cloridrico e per azione della chimosina.

6.° gruppo: Sostanza amiloide.

Trovasi questa in vari organi o in forma di fine granulazioni o a strati concentrici o a forma di globetti: se ne trova nel fegato, nella tiroide, nei pulmoni, nella milza. L'attributo di amiloide che si dà a questa sostanza, farebbe credere all'esistenza d'una affinità coll'amido: quest'affinitá non v'è.

Esso è una sostanza omogenea, densa, filante, insolubile nell'acqua, negli acidi diluiti, nelle soluzioni alcaline.

L'acido solforico dà alla sostanza amiloide una colorazione bleu, la tintura d'iodo un colore rosso-vinoso.

Allorchè s'esaminano al microscopio tessuti contenenti sostanza amiloide, anche in tracce minime, e si fa uso per la colorazione del violetto d'anilina, laddove gli elementi istologici ci colorano in violetto-bleu, la sostanza amiloide si colora in rosso-violaceo.

7.° gruppo: Albumina coagulata.

Questo gruppo raccoglie le albumine di tutti i gruppi coagulate con qualunque dei mezzi adatti ad ottenei la coagulazione. L'albumina coagulata è insolubile nell'acqua, nell'acido idroclorico, nel nitrato di potassa, nel cloruro e nel carbonato di sodio, è solubile negli acidi e nelle soluzioni saline concentrate.

Si presenta sotto varia forma: nella maggior parte dei casi, si presenta bianca, fioccosa, elastica

8.° gruppo: Peptone.

Nasce il peptone dall'azione lenta del succo gastrico e dall'azione rapida della tripsina pancreatica sugli albuminoidi.

La peptonizzazione ha per scopo fisiologico quello di rendere gli albuminoidi diffusibili e dializzabili.

I peptoni non precipitano col calore, nè la mercè di acidi, ne di soluzioni d'alcali fissi; precipitano mercè l'alcool, il sublimato corrosivo, l'acido tannico, il nitrato d'argento e l'ammoniaca. Il solfato d'ammonio precipita tutti gli albuminoidi, fuorchè il peptone. Per prepararlo si fa agire su di un albuminoide o la pepsina o la tripsina, indi si riscalda e si filtra: il filtrato si tratta con solfato ammoniaco. Tutti gli albuminoidi precipitano, fuorchè il peptone, il quale può ottenersi, precipitandolo mediante alcool. Forse i peptoni sono albuminoidi idrati, infatti, disidratandoli con anidride acetica o col portarli ad alta temperatura, si ha un corpo albuminoide, molto simile agli albuminoidi solubili.

Pare anche che i peptoni siano più poveri di carbonio degli albuminoidi donde s'originarono.

Tutti gli albuminoidi studiati possono aggrupparsi nel seguente quadro:

```
          { Albumina dell'uovo } {
          { Albumina del sangue } da soli { coagulabili
Solubili  { Pancreatina } { completamente
nell'acqua { Paralbumina coll'aggiunta d'ac. acetico { pel calore.
          { Fermenti solubili {
          { Peptone { incoagulabili

           { Alcali albumina (Caseina)
           { Acidalbumina (Parapeptone) } solubili senza trasformarsi
           { Vitellina } in soluzioni di sali
Insolubili { Miosina } neutri e di acidi.
nell'acqua { Fibrinogeno }
           { Fibrinoplasto }
           { Fibrina
           { Sostanze albuminoidi coagulate
           { Sostanza amiloide
```

§2.°—Derivati albuminoidei

1.° gruppo dei collogeni 2.° gruppo delle cheratine 3.° gruppo delle elasticine

Sostanze collogene: trovansi nei tessuti connettivi varii, avendo per ciascuno di essi una varia composizione centesimale: hanno tutte la proprietà d'essere insolubili nell'acqua ed in soluzioni alcaline.

A questo gruppo deve ascriversi l'osseina e la condrina: $C_{49.9}H_{6.6}Az_{14.5}O_{28.6}S_{???}$, la prima si trova in tutti i tessuti ossei, la seconda nelle cartilagini e nella cornea. Per preparare l'osseina basta decalcificare l'osso trattandolo con una soluzione d'acido cloridrico, indi con etere, per sciogliere i residui di sostanza grassa.

La condrina si prepara facendo bollire le cartilagini per molte ore e lavando la massa che se ne ottiene con etere, e poi con molto alcool.

La condrina si rammollisce nell'acqua fredda, laddove l'osseina resta immutata, l'una e l'altra però si sciolgono nell'acqua bollente. Coll'ebollizione prolungata si trasformano in colla o gelatina la quale raffreddata si rappiglia in una massa amorfa, trasparente, elastica, poco solubile nell'acqua fredda, molto nell'acqua calda.

Bollita con acido solforico dà leucina e glicocolla, epperò questa vien detta zucchero di gelatina.

La gelatina vien precipitata dall'acido tannico, dall'alcool e dal bicloruro di mercurio in presenza di acido cloridrico.

I colloidei nel tubo digerente si comportano come gli albuminoidi, però il succo gastrico toglie loro la facoltà di gelatinificare.

Ai colloidei può aggrupparsi la mucina $C_{48}H_{6.8}Az_{8.5}O_{35.8}$ la quale, come è noto, è segregata dalle grosse gandole mucose o dalle membrane mucose: trovasi anche nel connettivo e nel funicelio spermatico. Chimici insigni credono all'esistenza del solfo nella mucina.

Le soluzioni di questa in alcali molto diluiti, sono dense, filanti, nè precipitano mediante il calore. L'acido acetico precipita la mucina, nè il precipitato si ridiscioglie in un eccesso di reattivo o in liquidi alcalini: questo carattere lo fa distinguere nell'urina. Però in questa reazione si deve aggiungere molt'acqua all'urina per evitar che precipiti l'acido urico e per render meno intensa l'azione dissolvente sulla mucina del cloruro di sodio.

Le urine con muco presentano la proprietà di dare un grosso fiocco allorchè dopo d'avere aggiunto dell'ammoniaca si dà al tubo un moto rotatario: questo fiocco è formato dal muco che impiglia il solfato ammonico-magnesico formatosi (Renzone).

Nelle articolazioni ha l'importante ufficio di lubrificare la sinovia epperò rendere scorrevoli le articolazioni: essa è segregata dalle cellule caliciformi dell'epitelio (Soubbotine); la sua quantità proprorzionale diminuisce col riposo articolare.

2.° gruppo: delle elasticine.

La elasticina trovasi nei tessuti elastici caratterizzabile per la sua grande resistenza ai mezzi dissolventi. Essa non dà colla, neppure colla cottura molto prolungata. La potassa e l'acido acetico la disciolgono molto lentamente, l'acido cloridrico la scioglie colorandosi in giallo per la formazione d'acido xautoproteico. Nell'acido cloridrico allungato si scioglie, ma alla temperatura di 30°, 40°C epperò pare che si debba disciogliere nel succo gastrico nello stomaco.

3.° gruppo: delle cheratine.

Costituiscono i tessuti cornei. Nelle fibre della sostanza nervosa la cheratina forma le guaine del Mauthner nonchè i setti intermediarii d'impalcatura della mielina (Kuhne).

La cheratina è insolubile nel succo gastrico, è insolubile nell'acqua, nell'alcool, nell'etere. È solubile nell'acqua riscaldata al disopra della sua temperatura d'ebollizione nella pentola di Papin: del pari è solubile in soluzioni d'alcali fissi.

§ 3.° Fermenti ed enzimi.

Intendesi per fermentazione quel fenomeno chimico per mezzo del quale una sostanza organica si trasforma in altri prodotti, sotto l'azione d'un agente modificatore. Questa definizione dice che ocorrono due corpi nella fermentazione, uno fermentescibile ed un altro capace d'indurre la fermentazione: quest'ultimo dicesi fermento. E prendendo questo nome nel senso più largo possiamo dire che esso è di doppia natura: o è organizzato o è inorganico; si riserba il nome di fermento al primo, il nome di enzima al secondo.

Questi agenti hanno comune la facoltà di agire in proporzioni minime e sebbene i fermenti abbiano la facoltà di riprodursi con rapidità straordinaria, pure il peso di essi complessivo, paragonato a quello della sostanza fermentescibile, è infinitamente piccolo.

Liebig negava la vitalità del fermento e supponeva che la fermentazione non fosse altro che un disquilibrio molecolare, che si trasmettesse come disquilibrio ondulatorio, il quale disturbando il rapporto atomico dei varii corpi suscitasse in esso uno scuotimento intimo ed energico, paragonabile alla scintilla, cui seconda un incendio, al minimo stimolo nervoso, cui tien dietro la contrazione di miriadi di fibre muscolari.

Il Pasteur con importanti esperimenti, provò che la fermentazione è dovuto ad esseri organizzati, i quali capitano nei liquidi, cadendo dall'aria atmosferica, che seco li trasporta: e lo sviluppo dei corpi nuovi è dovuto all'attività vitale di questi esseri organizzati, fermenti, per cui essi, nutrendosi, come ogni altra cellula, danno come prodotto escretorio, mi sia permesso dir cosi, i vari prodotti di trasformazione. Da altri si dice che i vari fermenti agiscono dando prodotti chimici che a loro volta agiscono da enzimi.

I fermenti muoiono a temperature inferiori a 4°C e superiori a 55°C, gli enzimi invece disseccati possono esser sottoposti ad un riscaldamento di 160°C senza perdere la loro attività.

I fermenti perdono la loro azione, trattati con alcool, sublimato, fenolo, acido salicilico, gli enzimi dell'organismo animale invece resistono all'azione degli agenti suddetti, di guisa che queste sostanze antisettiche sono i migliori mezzi per studiar l'azione di questi fermenti puri dell'organismo, poichè neutralizzano l'azione dei fermenti organizzati.

Gli enzimi vengono trasportati meccanicamente dai precipitati che si formano nelle loro soluzioni senza perdere attività.

Dei fermenti alcuni come il micoderma aceti, le monadi vivono nell'aria ed impiegano l'ossigeno di quest'ultima per trasformare i corpi organici di cui vivono in ammoniaca, acqua ed anidride carbonica, altri nell'aria muoiono. I saccoromyces cerevysiae ad esempio vivono nell'aria epperò diconsi aerobii, i vibrioni invece nell'aria muoiono, epperò diconsi anaerobii. Il disseccamento non nuoce ai fermenti, epperò il lievito di birra in commercio vendesi impastato con amido.

Fermenti

Criptococcus cervisiae: sdoppia l'amido della birra, dopo d'averlo trasformato, in glucosio, in alcool ed anidride carbonica. E costituito da piccoli otricoli rotondeggianti aggruppati.

Micoderma aceti: figurato da piccolissimi globetti ovoidali sdoppia il glucosio in alcool ed anidride carbonica.

Bacillus lactis: costituito da lunghi bastoncini determina la fermentazione lattica: nello stomaco questo batterio ha un periodo di grande sviluppo al principio della digestione gastrica, arrestandosi la sua azione pel comparire dell'acido cloridrico il quale lo distrugge pel suo alto potere antifermentativo.

Bacillus butiricus: è a forma di bastoncini: dà la fermentazione butirica agli albuminoidi, ai grassi ed agli zuccheri.

Il micrococcus ureae induce nell'urina la decomposizione dell'urea in carbonato d'ammonio.

Enzimi

1.° Enzima saccarificante 2.° Enzima inversivo 3.° Enzima coagulativo 4.° Enzima peptogenico 5.° Enzima emulsivo e sdoppiante i grassi

Enzimi saccarificanti

La ptialina trovasi nella saliva donde s'ottiene pura aggiungendo dell'acido fosforico e poi dell'acqua di calce sino ad aver reazione alcalina: si formerà fosfato di calce che precipitando trascinerà seco la ptialina. Si raccoglie il precipitato su d'un filtro e si lava con acqua abbondante: nell'acqua di lavaggio c'è la ptialina che può farsi precipitare mediante alcool. Vien precipitata dall'acetato di piombo e dall'alcool; precipitata, ha la forma di polvere bianca amorfa, solubile nell'acqua.

La ptialina agisce con la maggiore attività in liquidi neutri di reazione. Il bicloruro di mercurio e l'acido ossalico anche in soluzioni estremamente diluite impediscono l'azione della ptialina.

Nello stomaco la ptialina, introdotta per deglutizione della saliva cessa d'aver azione allorchè l'acido cloridrico vien fuori in quantità sufficiente: questo arresta l'azione zimotica della ptialina in quantità dell'uno per mille.

Immensa è la potenza saccarificante della ptialina; calcoli recenti dimostrarono che una parte di enzima saccarifica 40,000 parti d'amido.

Amilopsina: è l'enzima diastasico del pancreas il quale agisce molto energicamente sull'amido cotto e sulla cellulosa (Schmulewitsch). È solubile nell'acqua e nella glicerina, gli acidi e gli alcali caustici lo distruggono, l'alcool lo precipita epperò per prepararlo si fa l'infuso glicerico del pancreas per molte ore, indi si precipita mediante alcool e si raccoglie su filtro: il raccolto è puro dopo ripetute lavande e formazion di precipato mercè acqua ed alcool alternatamente aggiunti.

—Si crede che anche la glandule del Brunner diano un enzima diastasico (Costa).

—Il succo enterico secreto dalle glandule di Lieberkun, ha azione sull'amido cotto che trasforma in zucchero: esso è un liquido gialletto, trasparente di reazione alcalina. Per raccoglierlo si isola un'ansa intestinale pur lasciandola in continuità col mesentere indi si cuciono i due tratti dell'intestino tagliato e si uniscono alla ferita fatta sulla parete addominale, mercè sutura i due capi del tratto interciso (Vella).

Al metodo suddetto fu opposto il dubbio che il succo enterico così ottenuto non fosse normale siccome quello che fosse ottenuto in condizioni non fisiologiche di riposo (Albini). Il metodo di Velia migliorato dai Prof. Malerba ed Iappelli dette come risultato che il succo enterico ha azione più inversiva che saccarificante laddove col metodo dell'ansa sequestrata predominava il potere saccarificante.

—Il succo dell'intestino cieco ha energica azione saccarificante
(Paladino).

Enzimi invertivi.

Il succo enterico muta il saccarosio in destrosio e levulosio, per l'invertina o fermento inversivo scoperto da Bernard.

Enzima peptogenico:

Pepsina: trovasi nel succo gastrico nel rapporto del 3 per mille. Per separarnelo si adopera il metodo di Wittich che fa l'infuso glicerico della mucosa gastrica, indi precipita la pepsina mercè alcool.

La pepsina isolata è una sostanza azotata non albuminoide, è solubile nell'acqua e nella glicerina, insolubile nell'alcool.

La pepsina ha azione solo in un ambiente acido, scioglie gli albuminoidi e li trasforma prima in propeptoni, poi in peptoni: un grammo di pepsina può peptonizzare 3000 gr. di albumina.

Il propeptone si differisce dal peptone perciò che si scioglie solo nell'acqua lievemente alcalina od acida e precipita mediante aggiunta d'acido nitrico.

Resistono all'azione del succo gastrico la mucina, la cheratina, l'osseina, la condrina.

Secondo Schiff la pepsina si genera dalla propepsina la quale però dicesi pepsinogeno, che differisce dalla prima perchè resiste agli alcali i quali distruggono invece la pepsina.

Per raccogliere il succo gastrico s'usa il metodo della fistola gastrica che consiste nel fare una incisione sulla grande curvatura dello stomaco penetrando evidentemente, dalla parete addominale con un taglio fatto in corrispondenza di quella: indi si uniscono tra loro mercè sutura, i bordi rispettivi della incisura addominale con quelli della incisura gastrica. Nella bocca siffatta si adatta una cannula d'argento di costruzione speciale, si che afferrando d'intorno le pareti gastrica ed addominale con un doppio cercine metallico, lasci nell'interno di esso un canale attraverso del quale può introdursi le diverse sostanze da studiare o può fluire il succo gastrico secreto dalle glandule per riflesso d'una stimolazione meccanica, chimica od elettrica.

Alcuni fisiologi credono che il vago domini con una azione moderatrice anche sullo stomaco e che uno stimolo sulla mucosa gastrica non faccia che paralizzare l'azione inibitrice del vago, per cui restando libera la funzione d'una innervazione (?) intrinseca dello stomaco questa sollecitasse la secrezione del succo gastrico. E Goltz esperimentò su di animali operati di fistola gastrica e vide esser più abbondante la secrezione in quelli che aveva operati di recisione unilaterale del vago che in quelli in cui la funzione del par vago era normale.

Tripsina: è il fermento peptogenico del succo pancreatico.

La sua azione differisce da quella della pepsina, in quanto che questa agisce in un ambiente acido, quella in un ambiente alcalino o neutra, o molto debolmente acida. Par che le cellule pancreatiche mettan fuori un zimogeno, il quale poi vien formato durante la secrezione, per l'azione di varie sostanze.

La tripsina fu ottenuta dal Kühne come una massa gialla, trasparente, preparandola col seguente metodo:

Si prende il pancreas di un animale in digestione e si pesta finamente. S'introduce la poltiglia nell'acqua gelata e si filtra; il filtrato precipita coll'alcool e il precipitato si tratta coll'alcool assoluto per rendere insolubili gli albuminoidi; poi si riprende di nuovo coll'acqua che scioglie il solo fermento. Si aggiunge a questa soluzione l'uno per cento di acido acetico che forma un precipitato; si filtra e si lava il residuo: il liquido e l'acqua di lavaggio, uniti insieme, sono novellamente precipitati coll'alcool; il precipitato è ripreso coll'acqua a cui si aggiunge uno per cento di acido acetico e il tutto si riscalda a 40° per qualche tempo; si forma un nuovo precipitato che si separa per filtrazione. Il liquido filtrato vien reso alcalino colla soda caustica ed è portato di nuovo a 40°C; si forma un precipitato in massima parte fatto di sali terrosi. Separato il deposito, si concentra il liquido e si sottomette alla dialisi che lascia passare i peptoni, la tirosina e la leucina. Nel dializzatore resta un liquido, il quale evaporato a dolce calore, lascia un residuo giallastro, trasparente, alquanto elastico, che in massima parte, è costituito da tripsina. (Malerba)

La tripsina, così preparata, è solubile nell'acqua, insolubile nella glicerina.

—Pare che il succo enterico abbia anche un potere peptogenico su qualche albumina: secondo Schiff e Boas ha azione su molte albumine, non sulla sola fibrina, come credeva Thiry.

I professori Malerba, Boccardi e Iappelli, per studii recenti, credono che il succo enterico non abbia facolta peptogena sulle sostanze albuminoidi.

Enzimi sdoppianti i grassi ed emulsivi

Si ammette che già i grassi neutri subiscano nello stomaco una parziale decomposizione in acidi grassi e glicerina: a questa funzione provvede soprattutto la steopsina del succo pancreatico.

Essa è solubile nell'acqua: facendo un infuso acquoso del pancreas ed aggiungendo a questo dell'ossido di magnesia, la steopsina trovasi nel precipitato.

L'emulsione dei grassi è data dalla bile, dal succo pancreatico e dai succhi intestinali. La bile da ad essi una emulsione grossolana, che presto sparisce: il succo pancreatico da invece una emulsione fina e che più non scompare; epperò la bile ed il succo pancreatico agiscono cospirantemente allo scopo di ottenere una emulsione completa.

La bile favorisce l'azione steolitica del succo pancreatico e saponifica, del pari che i succhi enterico e pancreatico, gli acidi grassi formati dallo sdoppiamento dei grassi neutri.

I saponi formatisi vengono assorbiti facilmente: essi favoriscono moltissimo il passaggio attraverso le mucose intestinali dei globetti di grasso in emulsione, epperò, com'e chiaro, il succo pancreatico e la bile agiscono d'accordo nella digestione dei grassi.

Il succo enterico, alcalino, contribuisce all'emulsione e saponificazione dei grassi.

§ 4.° Pigmenti.

Son dette pigmenti molte sostanze azotate dell'organismo, cui il colore caratteristico fa aggruppare in una sola categoria.

E di questi alcuni possedon ferro nella loro molecola, come l'ematina, l'emina, la melanina, altri non ne possiedono.

Ematina $C_{96}H_{51}Az_{6}O_{18}$ è il pigmento rosso del sangue formatosi dalla ossidazione dell'emocromogeno, sostanza cristallizzabile, che trovasi nei corpuscoli rossi del sangue in uno stroma speciale.

Può ottenersi trattando l'emoglobina con soluzione di soda a 100°C in completa assenza d'ossigeno.

L'ematina è una polvere rosso bruna, a riflesso metallico, insolubile nell'acqua, nell'etere, nell'alcool, solubile negli alcali, anche molto diluiti. Può ottenersi precipitandola dalle sue soluzioni mercè acqua di calce o di barite.

E una sostanza dicroica presentando una colorazione verde, allorchè la si guarda attraverso, una colorazione rosa, guardandola con luce riflessa.

Allo spettroscopio si comporta diversamente secondochè le soluzioni sono acide od alcaline: nel primo caso, dà tre strie d'assortimento: una tra C e D, l'altra tra D ed E, la terza tra E ed F di Fraünhofer. La soluzione alcalina dà una sola grossa stria tra C e D.

Oltre l'uso dello spettroscopio, v'ha molti mezzi chimici per riconoscere l'ematina nei vari liquidi: Per riconoscerne la presenza patologica nell'urina si aggiunge della potassa caustica, mercè cui precipiteranno i fosfati terrosi, i quali sono colorati più o meno fortemente in rosso.

Altra reazione: si mettano in un tubo da saggio 2 c.c. di tintura di guaiaco e 2 c.c. di essenza di trementina e si agiti sinchè il liquido avrà assunto un colorito bianco latte, per trovarsi in sospensione in minuti globetti la tintura nell'essenza di trementina; si versi questa pian piano in un tubo da saggio contenente urina: se l'urina contiene ematina, mostrerà, nel piano di contatto, prima un alone azzurro, poi un precipitato resinoso, tinto in azzurro.

Si renda alcalina l'urina con ammoniaca, indi si aggiunga un po' d'acido tannico, in soluzione acquosa, e poche gocce d'acido acetico e si riscaldi. S'avrà in poche ore un precipitato bruniccio di tannato di ematina.

Ho notato che, aggiungendo una goccia di soluzione alcolica di ematossilina, all'urina contenente ematina, in un tubo da saggio, precedentemente alcalinizzata con solfato di sodio, si ha una colorazione bruniccia: aggiungendo del permanganato di potassa si colorirà in verde, se conteneva ematina.

Aggiungendo all'ematina acido solforico concentrato, si ha un pigmento privo di ferro, ematoporfirina.

Emina $C_{68}H_{70}Az_{???}Fe_{???}O_{10}$ 2Cl: è come vedesi un cloridrato d'ematina.

È insolubile nell'acqua, solubile nell'alcool e nell'etere e nelle soluzioni alcaline; è precipitata dagli acidi.

Si presenta come polvere bleu scura; osservandola al microscopio appare formata di piccoli cristallini rombici.

Per ottenere dei bei cristalli di emina, si fa cadere una piccola goccia di cloruro di sodio, in soluzione, su di un vetrino portoggetti, su cui siavi una goccia di sangue, indi si aggiunge un'altra goccia d'acido acetico e si riscalda il vetrino alla lampada. Volendo riconoscere una macchia di sangue, a scopo medicolegale, si ricorre alla formazione dei cristalli d'emina facendoli formare nel modo suaccennato, da una soluzione, in acqua tiepida, della macchia raschiata accortamente dall'oggetto su cui il sangue era caduto.

Per certificarsi dalla natura dei cristalli formatisi, si fa cadere sul vetro portoggetti, in vicinanza del margine del vetrino coproggetti, una goccia d'ammoniaca; questa si fa strada nello spazio capillare tra i due vetri, e cosi i cristalli più non si vedono: aggiungendo una goccia d'acido acetico, i cristalli ricompariranno.

Ematoidina $C_{30}H_{18}N_{2}O_{6}$. Trovasi nei focolai emorragici; l'ho trovato una volta in un piccola ecchimosi sottocutanea della mia mano. È un pigmento di color arancio, cristallizzato in piccoli rombi.

Nei focolai emorragici si trova un'altro pigmento non cristallizzato.

Melanine. Son dei pigmenti neri che trovansi nell'occhio, di cui colorano la coroide, nel reticolo di Malpighi, nei peli, nel sangue, nel fegato, nell'urina, sotto forma di piccole granulazioni. È insolubile nell'acqua, nell'alcool, nell'etere; negli acidi minerali, nell'acido acetico: epperò la difficoltà che presenta a disciogliersi è la caratteristica di questo pigmento.

Latschenberger crede che la melanina sia nel fegato il punto di passaggio tra la ematina e i pigmenti biliari.

Pigmenti biliari.

Bilirubina $C_{16}H_{18}AzO_{3}$: è il pigmento normale della bile, di colore giallo rossastro.

Può ottenersi dalla bile, agitando in questo del cloroformio, che lo scioglierà ed evaporando la soluzione.

È cristallizzabile in tavole rombiche gialliccie.

Per riconoscerlo nei liquidi che ne contengono, anche in quantità minime, si adopera la reazione di Gmelin, per cui si aggiunge al liquido da esaminare dell'acido nitrico-nitroso: la presenza della bilirubina si svelerà con la reazione, cosiddetta, dell'iride, pel prodursi di una serie di colori che dal basso all'alto sono: il giallo, il rosso, il violetto, il bleu, il verde.

Reazione di Huppert: si aggiunge ad una soluzione di bilirubina resa alcalina, del latte di calce, si ha un precipitato che si raccoglie e si lava. Questo, posto in una soluzione di alcool e d'acido Solforico, la colora, a caldo, in verde smeraldo.

Per riconoscere i pigmenti biliari nell'urina può usarsi il metodo di Hathrein che è semplicissimo: egli aggiunge all'urina riscaldata della tintura di iodio, la quale da una colorazione verde, nel caso che vi sia della bile.

Biliverdina. La bile, estratta da un animale morto da qualche tempo, è colorata in verde: questa colorazione le è data dalla biliverdina che vien dalla ossidazione della bilirubina. Differisce da questa perche incristallizzabile: è insolubile nell'acqua, nell'etere, nel cloroformio, è solubile nell'alcool.

Risponde alle reazioni della bilirubina: è trasformato dall'idrogeno nascente in idrobiliverdina.

Altri pigmenti biliari son la bilifuscina, la biliprasina, la bilicianina, la biliumina.

La prima è un prodotto di idratazione della bilifuscina, la seconda è un prodotto di idratazione della biliverdina, mercè due molecole d'acqua. Staedeler ha descritto un altra pigmento-bilumina.

Credo utile raggruppare i principali pigmenti biliari in un quadro che ne segua l'origine e lo sviluppo:

$$2(C_{96}H_{51}N_{6}Fe_{3}O_{18}) + 6HO = 6(C_{32}H_{48}N_{2}O_{6}) + 6FeO$$
  ematina   bilirubina

$$C_{32}H_{48}N_{2}O_{6} + (H_{2}O + 3O) = C_{32}H_{20}N_{2}O_{10}$$
  bilirubina   biliverdina

$$C_{32}H_{48}N_{2}O_{6} + (H_{2}O + O) = C_{32}H_{20}N_{2}O_{8}$$
  bilirubina   bilifuscina

$$C_{32}H_{20}N_{2}O_{10} + (H_{2}O + O) = C_{32}H_{22}N_{2}O_{12}$$
  bilifuscina   biliprasina

Pigmenti dell'urìna.

Urobilina: si forma nell'urina per azione di un cromogeno od urobilinogeno in essa contenuto: la quantità, che se ne elimina, normalmente, eccede mai un limite basso, invece nell'urina febbrile può esservene talvolta una quantità notevolissima. Però è da notare che l'urobilina normale e quella febbrile si differenziano per alcuni caratteri ottici: da questa ultima può ottenersi l'urobilina normale mercè l'azione del permanganato di potassio (Mac Munn).

Per riconoscerlo, basta aggiungere all'urina del cloroformio ed agitare: il cloroformio prenderà così il colore giallo il quale si farà giallo scuro, con fuorescenza verde, aggiungendo della tintura di iodo.

Aggiungasi all'urina dell'ammoniaca o un poco di soluzione di cloruro di zinco: l'urobilina dà una bella fluorescenza verde.

Aggiungendo all'urina molto acido cloridrico, l'urobilina dà ad esso un colore violetto.

L'urocromo è il pigmento normale e costante dell'urina: può ottenersi da questo come polvere amorfa d'un colore tra il nero ed il giallo, solubile nell'acqua, negli alcali, negli acidi e precipitato dall'acetato neutro di piombo.

La sua soluzione acquosa esposta all'aria si arrossa.

Per riconoscerlo si fan cadere delle gocce d'acido cloridrico sull'urina riscaldata: s'ha un colore violaceo-rosso intenso, proporzionalmente, all'urocromo, dell'urina.

L'uroeritrina rappresenta, secondo le vedute moderne il prodotto di ossidazione dell'indicano, pero nelle urine, escrete da qualche tempo, lo si trova sempre: si emette già formato in casi patologici.

Per vederne la presenza nell'urina si aggiunge a questa dell'acetato di piombo; si avranno i cloruri, i solfati, i fosfati, gli urati di piombo i quali preciteranno perchè insolubili; questo precipitato sarà bianco in assenza di uroeritrina, ma sarà più o men roseo o rosso, se l'urina contiene uroeritrina.

Alle volte, nel precipitare, l'acido urico e gli urati appaion tinti in rosso-mattone: questa pigmentazione devesi all'uroeritrina.

L'indicano o acido indossilsolforico è un pigmento giallo dell'urina che s'origina dall'indole il quale si forma nell'intestino per azione del succo del pancreas sugli albuminoidi: questo viene prima ossidato a formare ossindolo, poi, per la combinazione coi solfati di potassio, forma indossisolfato potassico, epperò, esiste l'indicano nell'urine, come sale alcalino.

L'indicano cristallizza in lamette incolori e splendenti. Per azione degli acidi minerali si sdoppia in bleu d'indaco od indigotina ed in indoglucina, epperò, aggiungendo all'urina un egual volume d'acido cloridrico puro, indi un po' d'ipoclorito di calce s'ha una colorazione che va dal verde al bleu, a seconda della quantità d'indicano.

Il metodo di Iaffè consiste nell'addizionare l'urina di un po' di cloroformio e poi di un volume d'acido. cloridrico uguale al volume dell'urina, indi di cloruro di calcio in soluzione concentrata: l'indicano sarà in eccesso od in difetto secondo che la colorazione azzurra che l' urina assume è più o meno intensa.

Ordinariamente s'usa di far cadere due o tre gocce d'urina sull'acido cloridrico riscaldato: s'ha un colore che varia dal violaceo roseo al bleu, secondo la quantità d'indicano contenuta nell'urina.

Alle volte il bleu d'indaco trovasi in cristalli aghiformi nelle urine decomposte.

E qui opportuno considerare due sostanze, volatili, cristallizzabili, molto affini all'indicano, che danno alle feci il puzzo caratteristico: essi sono l'indolo $C_8H_7A_7$ e lo scatolo $C_9H_9A_2$.—Tutte e due s'originano dalle putrefazioni intestinali degli albuminoidi e possono ottenersi dall'indicano mercè la riduzione con stagno ed acido cloridrico e successivo riscaldamento del residuo di riduzione con stagno in polvere.

Facendo attraversare una corrente di ozono in acqua che abbia in sospensione dell'indole, questo si trasforma in bleu d'indaco.

Le luteine son dei pigmenti gialli che colorano il torlo d'uovo, l'adipe, il siero.

CAPITOLO 5.

Prodotti di metamorfosi regressiva.

1° Amidi, cioè corpi in cui sono sostituite molecole d'ammoniaca (NH_2) a gruppi ossidrilici di acidi.

2° Acidi amidici, cioè corpi in cui vien sostituito il gruppo amidogene NH, ad atomi d'idrogeno di acidi.

3° Amine, cioè corpi in cui un atomo di idrogeno dell'ammoniaca è sostituito da gruppi di carburo di idrogeno.

4° Sostanze di ignota costituzione.

1° Gruppo—Amidi.

Urea CH_4N_2O: è biamide dell'acido carbonico: CO(OH), dà
$$CO(AzH_2) = CH_4N_2O$$

Si trova nell'urina, escreta nella quantità giornaliera di gr. 25-40: trovasi nel chilo, nella linfa, nel siero, nel fegato ecc.

Cristallizza in prismi allungati, filamentosi, a quattro facce, solubili nell'acqua e nell'alcool, di sapor fresco salato.

Può ottenersi, trattando una sua soluzione con acido nitrico: si forma nitrato d'urea: aggiungendo carbonato di sodio, s'ha nitrato di sodio ed urea, che può cosi aversi in bei cristalli.

Trattando l'urea con acido ossalico, si forma ossalato d'urea. Il nitrato d'urea è in pagliette esagonali, dorate, solubili nell'acqua, l'ossalato è in piccoli priami o rombi bianchi.

Per riconoscerla nell'urina e per dosarlo v'ha numerosi metodi dosimetrici esatti ed approssimativi.

L'ureometro Yvon è un apparecchio molto comune formato d'un tubo, di diametro omogeneo nella sua lunghezza ed esattamente graduato in parti, di cui ciascuna corrisponde ad un c.c. Questo porta ad un estremo una svasatura imbutiforme, mentre per l'altro estremo è saldato ad un' ampolla di vetro, merce un tubo, che porta un rubinetto di vetro, cosiffatto, che possa interrompere la comunicazione tra l'ampolla ed il tubo suddescritto. Dal fondo di questa ampolla sale un tubo sottile che va ad aprirsi alla parte alta di essa: questo tubolino è la continuazione di un altro tubo lungo, graduato, aperto in basso.

Per servirsi di quest'apparecchio si usa la soluzione di iprobromito di sodio, che può prepararsi secondo la seguente formola:

Soda caustica fusa gr. 34
Acqua » 166
Bromo liquido c.c. 10

Si immerge il tubo inferiore in una provetta con acqua ed, aprendo i rubinetti, si fa salire l'acqua in esso, sino a livello del collo dell'ampolla di vetro: indi, chiusi i rubinetti, si versano nel tubo superiore uno o più c.c. d'urina ed, aperto il rubinetto, si fanno cadere questi pian piano nell'ampolla sottostante. Indi si chiuda il rubinetto, si mettano nel tubo stesso 8 o 10 c.c. di soluzione di iprobromito di sodio e, riaprendo il rubinetto, si fanno cadere questi nell'ampolla sottostante. Il bromo decomporrà l'urea, dando luogo alla formazione di bromuro di sodio, che resta in soluzione, di anidride carbonica, che resta sciolto e di azoto, il quale esercita pressione sulla colonna d'acqua, contenuta nel tubo graduato inferiore, epperò questa sarà spostata in basso, di tanti centimetri cubici, quanti se ne leggeranno alla scala.

Può aversi come norma che ad ogni 3,7 c.c. di azoto corrisponde 1 cg. di urea.

—Un ureometro molto semplice è quello di Southall, che consiste in un tubo a sifone graduato, chiuso nell'estremo superiore, e, nell'altro estremo, che risale, terminante in una grossa ampolla di vetro. Si riempie il tubo graduato di soluzione di iprobromito, sino al collo del rigonfiamento, e si riempie questo d'acqua: indi, mercè una pipetta coll'estremo affilato ricurvo, si fa pervenire nel tubo 1 c.c. d'urina. La reazione avrà luogo e delle bolle d'azoto si addenseranno in alto del tubo: dalla quantità di questo può dedursi la quantità dell'urea, ricordando che ciascuna zona di divisione dell'azoto corrisponde ad 1 mg. d'urea.

—Versando nell'urina una soluzione di nitrato mercurico, s'ha un precipitato bianchiccio, ficcoso, insolubile nell'acqua da cui può dedursi la quantità dell'urea.

—Riscaldata a 160° C. l'urea si decompone in biureto ed ammoniaca. Tirattata con soda caustica e con soluzione di solfato di rame, da una colorazione rosso violacea (reazione del biureto).

L'acido urico, ossidandosi, da urea; del pari questa può nascere dalla creatina e dall'allantoina.

Molto discussa fu la genesi dell'urea. Ora par dimostrato che si forma in gran parte nel fegato dal carbonato di ammoniaca, che differisce dall'urea in quanto che è più ricca di questa per due molecole d'acqua: infatti Schröder ha fatto attraversare il fegato da sangue carico di carbonato d'ammoniaca, iniettandola direttamente nei vasi, ed ha notato un grande aumento nella quantità d'urea del sangue. Del pari si forma urea per lo scindersi del glicogene in glucosio ed urea.

Che altri organi diano urea è discusso; Schröder crede che ne i reni abbiano attività, formatrice di urea.

Questo è il prodotto di metamorfosi regressiva più importante: esso è l'espressione del consumo organico, essendo un ultimo prodotto di metamorfosi delle sostanze proteiche.

Acido ippurico $C_9H_9AzO_3$. E un amide dell'acido benzoico ove v'ha la glicina invece dell'ammoniaca. Trovasi nel sudore, nel sangue, in gran quantità nell'urina degli erbivori, in piccola quantità in quella dei carnivori. Nell'uomo trovasi in una quantità media di poco maggiore a mezzo grammo, giornalmente.

E cristallino in lunghi aghi prismatici od in prismi rombici bianchi, duri, solubili poco facilmente nella acqua e nell'etere, molto nell'alcool.

L'acido ippurico riscaldato con un acido minerale assorbe acqua e si scinde in glicina ed acido benzoico. Bollito con un alcali caustico da un benzoato della base alcalina e glicina.

Per ottener l'acido ippurico dalle urine, si aggiunge a queste del latte di calce e si riscalda: si filtra e si aggiunge acido cloridrico, che fa precipitar l'acido ippurico. Si aggiunge di nuovo all'acido ottenuto dell'acqua di calce, che lo scioglie, indi dell'acido cloridrico: i cristalli si formeranno di nuovo.

Cosi facendo più volte, potranno ottenersi soli cristalli purissimi di acido ippurico.

Secondo Bunge l'acido ippurico risulta dalla combinazione dell'acido benzoico colla glicina nei reni. Hallvachs e Kühne hanno invece osservato che, somministrando ad animali dell'acido benzoico per lo stomaco ed estirpando il fegato, s'elimina acido benzoico e non acido ippurico: ciò fa ad essi pensare che l'acido ippurico si formi nel fegato.

Acidi amidici.

Amine acide o glicine.

Sono corpi acidi che vengono dagli acidi della serie lattica di cui sono il risultato della sostituzione di un gruppo ossidrilico ad un gruppo ammoniacale.

Glicocolla $C_2H_5AzO_2$: è detta anche zucchero di gelatina, perchè s'ottiene facendo bollire la gelatina con acido solforico diluito: s'ottiene ancora facendo agire l'acido cloridrico sull'acido ippurico. È una sostanza bianca, cristallizzabile, insolubile nell'alcool, solubile nell'acqua.

Acido glicolico $C_{26}H_{43}AzO_6$. Trovasi abbondante nella bile dell'uomo, formando sali alcalini, più specialmente sodici.

Cristallizza in aghi finissimi e molto piccoli, solubili nell'alcool facilmente, solubilissimi negli alcali, poco nell'etere, difficilmente nell'acqua.

Trattata con acqua di barite, si scinde in acido colalico e glicina; trattata con acidi minerali dà acido coleidinico e glicina.

Il glicocolato di soda è cristallino, in aghi stellati, solubilissimi'nell'acqua, da cui precipita merci: acetato neutro di piombo.

La bile contiene di questo sale più che del corrispondente taurocolato.

La reazione di Pettenkofer è comune a tutti gli acidi biliari: un po' di zucchero di canna e qualche goccia d'acido solforico, aggiunti ad un liquido che ne contenga, danno a questo col riscaldamento un colore osso-porpora.

Taurina $C_2H_7AzSO_3$ è un amide solforato: riscaldata sviluppa acido solforoso. Può otttnersi riscaldando l'isetionato d'ammoniaca: essa è da considerarsi come l'amide dell'acido isetionico in cui può essere trasformato mercè l'anidride azotosa.

È cristallino in aghi prismatici, incolori, obliqui, solubili nell'acqua, insolubili nell'alcool e nell'etere.

Trovasi nella bile a formar taurocolato di soda, cioè, come sale sodico della sua combinazione coll'acido colalico, trovasi nell'intestino, epperò anche nelle feci, nel pulmone, nel muscolo.

L'acido pneumico (Verdeil) credesi sia un miscuglio di taurina ed acido lattico.

Acido taurocolico $C_{26}H_{45}AzSO$: è formato d'acido colalico e di taurina: è liquido non capace di cristallizzare, precipitabile pero come polvere biancastra, di sapore amaro, solubilissima nell'acqua, nell'alcool, insolubile nell'etere.

Nella bile trovasi abbondante in combinazione colla soda, formando il taurocolato di soda, sale cristallizzabile in prismi, solubilissimi nell'acqua. Questo vien precipitato dall'acetato basico di piombo, laddove il glicolato di soda vien precipitato, merce l'acetato neutro dello stesso metallo.

L'acido taurocolico trattato con potassa, soda o barite si scinde in acido colalico e taurina.

—Il taurocolato ed il glicolato di soda formano i cosiddetti principii resinosi della bile i quali possono estrarsi precipitando col cloroformio l'estratto della bile con alcool, formando una massa gelatinosa cristallizzabile: sale cristallino di Platner.

Ludwig e Fleischl dimostrarono che gli acidi biliari sono formati solo dal fegato: essi legarono il coledoco di un cane e videro che la bile riassorbita veniva posta nel torrente sanguigno, merce i linfatici ed il dotto toracico; la legatura di quest'ultimo impediva ogni versamento. Questa teoria è però contrastata e s'ammette da taluni che la formazione di acidi biliari abbia luogo in-diversi organi.

Tirosina $C_9H_{11}AzO_3$. E una sostanza bianca, cristallizzabile in aghi sottili, lucenti, poco solubili nell'acqua, insolubili nell'alcool e nell'etere. L'acido solforico concentrato la scioglie, dando un fugace colore rosso alla soluzione: aggiungendo del carbonato di barite e del percloruro di ferro, s'ha un bel colore violetto: questa è detta prova di Piria.

Aggiungendo del nitrato mercurico ad una soluzione bollente di tirosina, s'ha un precipitato giallo: aggiungendo ancora dell'acqua bollente, acidulata con acido nitrico, il precipitato si fa rosso intenso.

Per riconoscerne la presenza o nelle varie glandule o nelle urine patologiche, alle volte basta evaporare un po' di liquido sul vetro porta-oggetti: vi si formeranno dei bei cristalli, setosi, lucenti, facilmente riconoscibili.

Per riconoscerne quantità piccole si aggiunge, trattandosi di urina, dell'acetato basico di piombo: indi il liquido si filtra e si fa passare pel filtrato una corrente di idrogeno solforato, che precipita il piombo allo stato di solfuro. Indi si filtra ancora, si condensa il residuo a bagno-maria, poi si aggiunge dell'alcool assoluto che scioglie l'urea, non la tirosina, poi l'alcool soprastante si toglie via; in ultimo s'aggiunge ancora un po' di alcool con ammoniaca: dopo un po' di riposo, la tirosina cristallizzerà.

Leucìna. Trovasi nella milza, nel pancreas, nel pulmone, nel fegato, nel rene, nelle capsule surrenali, raramente nelle feci. E cristallina in lamine clinorombiche, di color perla od in sfere od emisferi fatti da strati addossati.

Talvolta questi cristalli son cosiffatti da avere apparenza di tante calotte aggruppate, le più piccole d'intorno alle più grandi.

La leucina è solubile nell'acqua, negli alcali, negli acidi, insolubile nell'etere, poco solubile nell'alcool. Il nitrato d'argento la precipita dalle sue soluzioni. Gli acidi nitrico, solforico, cloridrico formano con essa sali cristallizzabili.

Per ottenerla dall'urina vale il metodo adoperato per la tirosina, cui quasi sempre la leucina accompagna.

La leucina e la tirosina rappresentano due gradini intermedi di passaggio alla formazione dell'urea (Salkowschi).

Cistina. $C_3H_6AzSO_2$. Trovasi nei reni e nell'urina formando talvolta su questa, assieme ad altri sali, una membrana lucente. Entra spesso a far parte dei calcoli delle vie-urinarie. È cristallizzato in piccole laminette esagonali, solubili negli alcali, negli acidi minerali, insolubili nell'acqua, nell'alcool, nel carbonato di ammoniaca. Vien precipitato dalle sue soluzioni alcaline dagli acidi organici e dalle soluzioni acide, mercè il carbonato d'ammonio.

Aggiungendo dell'acetato di piombo e della potassa ad una soluzionedi cistina, si forma solfuro di piombo.

Normalmente si trova nell'urina una sostanza simile alla cistina, in quantità minima: questa invece pare rappresenti un prodotto anormale di decomposizione degli albuminoidi, trovandosi quasi sempre unito alla putrescina ed alla cadaverina, due ptomaine formatisi nella putrefazione cadaverica.

Creatina $C_4H_9Az_3O_2$. Trovasi nei muscoli, specialmente nel cuore, nei centri nervosi, nel sangue. Nell'urina trovasi nella quantità giornaliera di gr. 0,50. Cristallizza in prismi romboidali ed in tronchi di' piramidi a basi ravvicinate: è solubile in acqua, in alcool, negli alcali e negli acidi anche diluiti.

Bollita con soluzione di barite da sarcosina e urea. Alcuni fisiologi, fondandosi su questo sdoppiamento, considerano la creatina come prodotto precedente la formazione dell'urea. La sua genesi è collegata col lavorio muscolare ed intellettivo.

La creatina, trattata con acido idroclorico, perde acqua e si trasforma in creatinina.

Creatinina $C_4H_7Az_3O$: è come vedesi uguale alla creatina meno una molecola d'acqua.

Cristallizza in prismi incolori, lucidi, solubili nell'acqua, nell'alcool, nell'etere.

Trattata con cloruro di zinco, forma un clorura doppio di zinco e di creatinina che precipita sotto forma di granuli cristallini.
La creatinina trovasi nell'urine nella quantità giornaliera di gr. 1,16.

3° gruppo—Amine.

Neurina $C_5H_{13}AzO$: è un idrato dimetilvinilammonio. Trovasi nel cervello e nelle capsule surrenali, però non si sa se sia preesistente o nasca nel cadavere da sdoppiamento della lecitina. E una ptomaina (forse) molto tossica, di consistenza sciropposa, abbondante nei cadaveri putrefatti.

Colina: questa non è identica alla precedente (Brieger) con cui è ordinariamente confusa (Paladino). Èssa a differenza dell'altra è un idrato di trimetilossietilammonio di formula $C_5H_{15}AzO_2$; differisce però dalla neurina per essere più ricca per una molecola d'acqua. È molto tossica.

4° gruppo—Sostanze di ignota costituzione.

Acido urico $C_5H_4Az_4O_3$. Trovasi nell'urina, nel sangue, nei reni, nella milza ed in vari umori e tessuti. È cristallino, in piccoli prismi retti a base romboidale, alle volte con angoli smussi, alle volte in piccole masse, variamente aggruppate o sotto la forma di dumb-bells, e come cunicoli stallattitiformi.

L'acido urico è poco solubile nell'acqua, insolubile nell'alcool e nell'etere, solubile in soluzioni di fosfati alcalini. Nei reni il fosfato neutro di sodio cede all'acido urico metà della sua base, dando luogo all'urato acido di sodio ed al fosfato acido di sodio.

I cristallini d'acido urico al microscopio si riconoscono e per la loro forma di cristallizzazione e perchè scompaiono aggiungendo una goccia di potassa. Allorchè l'acido urico precipita dall'urina è colorato in giallo od in rosso mattone, trascinando con sé i pigmenti.

Reazione della murexide: trattando l'acido urico con acido nitrico, s'ha effervescenza e produzione di alloxana, sostanza di color rosso; aggiungendo dell'ammoniaca s'ha una colorazione rossa porpora, dovuta all'isoalloxanato di ammonio: se si aggiunge della potassa, s'ha invece isoalloxanato di potassio, di color violaceo.

Per dosar l'acido urico nell'urina, si aggiungono 200 c.c. di urina 5 c.c. di acido cloridrico concentrato e si fa stare il miscuglio in luogo fresco. Dopo due giorni o poco meno si vedono dei cristalli al fondo del recipiente, i quali aderiscono alle pareti, epperò, dopo d'averli distaccati, li si raccoglie e si pesa.

S'usa ancora un altro metodo: si evapora un peso conosciuto di urina a consistenza sciropposa. Si esaurisce il residuo con alcool bollente, di peso specifico 0,93, si tratta il precipitato insolubile con potassa che lo scioglie. Per precipitar l'acido urico, si riscalda questa soluzione e s'aggiunge acido acetico: s'ha un precipitato, costituito di solo acido urico, che si lava in acqua acetificata, si dissecca e si pesa.

L'acido urico forma sali più o meno solubili: il più solubile è l'urato di litio, per indice di solubilità seguono gli urati neutri di sodio e di potassio, indi i sali acidi di sodio, di potassio e di ammonio, poco solubili.

Per riconoscere i sali urici nei depositi urinari o nei calcoli vale il quadro che qui mi piace trascrivere, aggruppando tutti i sali coi loro caratteri differenziali:

a) Il deposito od il calcolo evaporato su lamina di platino non lascia residuo fisso

1. Addizionato di una soluzione di potassa non svolge ammoniaca.

{Acido urico}

2. Addizionato di una soluzione di potassa svolge ammoniaca.

{Urato di ammonio. Normalmente questo si forma nell'urina in putrefazione, ma può trovarsi in queste preformato patologicamente. È un cristallo echiniforme o da forma di biscotti isolati od uniti a croce od a forma di stella.}

b) Lascia residuo

1. Il deposito od il calcolo fonde al cannello,comunicando alla fiamma un colore giallo intenso.

{Urato di soda; più comune è l'urato acido di soda-cristallino in prismi od in granuli.}

2. Fonde al cannello ma non colora la fiamma in giallo: disciolto nell'acido cloridrico dà un liquido che precipita in giallo il cloruro di platino.

{Urato di potassa}

3. Non fonde ma il residuo proveniente dalla calcinazione è del carbonato di calce: si discioglie nell'acido cloridrico con effervescenza e precipita in bianco con l'ossalato d'ammoniaca.

{Urato di calce}

4. Non fonde, ma il residuo della calcinazione si scioglie con lieve effervescenza nell'acido solforico diluito: la soluzione neutralizzata con ammoniaca, produce col fosfato di soda un precipitato bianco.

{Urato di magnesia}

La quantità d'acido urico emesso è in rapporto della nutrizione e della ossidazione organica. Allorchè la sua produzione è eccessiva, si trova nel sangue, donde può ottenersi mercè il metodo di Garrod che consiste nel raccogliere in un vetro d'orologio un po' di sangue diluendolo con qualche po' di soluzione indifferente: indi vi si immergono tre o quattro filini di seta, e si aggiungono due o tre gocce d'acido acetico. Ritirando il filo dopo 24 ore si troveranno questi più a meno cosparsi di cristallini d'acido urico, riconoscibili facilmente al microscopio.

Nell'urina trovasi normalmente nella quantità giornaliera di 1-2 grammi.

Corpi Xantici. Son questi dei corpi che molto s'avvicinano per composizione all'acido urico e sono: xantina, ipoxantina, guanina ed altri.

Xantina C_{5} H_{4} Az_{4} O_{2}. Differisce dall'acido urico per una molecola d'ossigeno in meno, epperò alcuni la chiamano acido uroso. Trovasi nei muscoli, nel fegato, nella milza, nel pancreas, nella sostanza nervosa centrale, nel testicolo, nell'urina e talvolta, nei calcoli urinarii.

È polvere amorfa, solubile minimissimamente nell'acqua, insolubile del tutto nell'alcool e nell'etere, solubile nell'ammoniaca.

Per riconoscerla si aggiunge dell'acido nitrico che si fa essiccare a caldo; resterà una massa gialletta che sotto l'azione della soda si fa rossa, riscaldandola diventa rosso-viola.

Facendo cadere la xantina in una capsula in cui siavi della lisciva di soda e del cloruro di calce in soluzione, si formerà un alone verde più cupo centralmente che perifericamente, il quale poi subito sparisce.

Nell'urina normale trovasi in quantità piccolissima: Neubaner ha estratto da 200 chg. d'urina appena 1 gr. di xantina.

Ipoxantina $C_{5}H_{4}Az_{4}O$. Differisce dalla xantina per una molecola d'ossigeno in meno e quindi dall'acido urico per due molecole. Trovasi nel midollo delle ossa, nella milza, nel pancreas, nel cervello, nei muscoli, nell'urina.

È cristallizzata in aghi finissimi in cui indice di solubilità nell'acqua è, però, un po' più alto di quello che ha la xantina, è solubile negli acidi e negli alcali.

Trattata con acqua di cloro e con acido nitrico ed evaporando tutto a secchezza, s'ha un residuo che si colora in violetto porpora sotto l'azione dei vapori d'ammoniaca (Veidel).

Per preparare i corpi xantinici dell'urina si aggiunge a questa dell'ammoniaca liquida e del nitrato d'argento, indi dell'acido solfidrico in soluzione acquosa. Si altra e s'evapora il tutto in capsula di porcellana, indi si scioglie il filtrato in acido solforico in soluzione acquosa al 3%; questo scioglierà i corpi xantici che si faranno precipitare aggiungendo ancora ammoniaca e nitrato d'argento.

Guanina $C_5H_5Az_5O$: è una polvere incolora, amorfa insolubile nell'acqua, nell'alcool, solubile negli acidi e nelle soluzioni alcaline, poco solubile nell'ammoniaca. Cogli acidi forma sali solubili nell'acqua. Trovasi nel pancreas, nel fegato, abbondantissima nel guano; nella vescica natatoria di alcuni pesci trovasi combinato alla calce in bei cristallini che rifrangono fortemente la luce.

Una soluzione di cloridrato di guanina riscaldata e trattata con una soluzione satura d'acido picrico da un precipitato giallo cristallino.

Allantoina $C_4H_6Az_4O_3$. Si ottiene trattando l'acido urico con un alcali: trattata a sua volta con un alcali concentrato si decompone in acido ossalico ed ammoniaca. Trovasi nell'urina fetale e dei poppanti e nel liquido dell'amnios.

È cristallizzabile in grossi prismi lucidi, incolori, solubili nell'acqua, poco solubili nell'alcool.

La soluzione acquosa vien precipitato dal nitrato d'argento, facendo ad esso seguire dell'ammoniaca, la quale, in eccesso, ridiscioglie il precipitato. Trattata a freddo con ipobromito di sodio, dà il 50% del suo azoto allo stato di gas (Malerba).

Per ottenerla dall'urina e per riconoscerla si aggiunge a questa della barite in soluzione acquosa e si filtra, indi si aggiunge del bicloruro di mercurio, che precipita l'allantoina, infine si fa passare per il liquido una corrente di idrogeno solforato e s'aggiunge del nitrato d'argento e poi dell'ammoniaca: s'ha un precipitato bianco, fioccoso e, dopo qualche tempo, conformato a piccolissime sferule in cui un atomo d'idrogeno dell'allantoina è sostituito da un atomo di argento.

Può ottenersi l'allantoina ossidando l'acido urico con perossido di piombo.

CAPITOLO 6°.

Sostanze azotate e fosforate.

Lecitine $C_{44}H_{90}AzPhO_8$: sono combinazioni eteriformi dell'acido fosfoglicerico. Trovansi abbondanti nel tessuto nervoso, nelle uova di pesci, nel tuorlo d'uovo, nello sperma, nei corpuscoli del sangue.

Si presenta sotto forma di masse granulari cristalline. È solubile nell'alcool, nell'etere, negli olii grassi.

Nell'acqua si gonfia formando una colla molle; questa abbandonata per qualche tempo acquista reazione acida e si scinde in colina ed acido fosfoglicerico.

L'acqua agisce sulla lecitina, si come sull'amido, che gonfia e spappola: esaminando questi granuli gonfiati, appaiono goccioline o tubuli rotondi con doppio contorno: son queste le fortini mieliniche che si trovano nei tubuli nervosi al disotto della guaina di Schwann, che prima si attribuivano alla cosiddetta mielina.

Nucleine $C_{29}H_{49}Az_9Ph_3O_{22}$. Fu trovata da Hoppe-Seyler una nucleina nei corpuscoli del pus, nel tuorlo d'uovo, nei corpuscoli del sangue, e nei nuclei cellulari. Esse sono sostanze incolori, amorfe, poco solubili nell'acqua, insolubili nell'alcool e nell'etere.

Le nucleine trattate con acidi minerali diluiti danno acido metafosforico, trattate con soluzioni di potassa o soda, danno fosfato dell'alcali impiegato.

Pohl riuscì ad ottenere, combinando l'acido metafosforico colla sero-albumina, un composto molto simile alle nucleine, epperò crede che esse venissero dalle combinazioni di questi due corpi.

Come prodotti di sdoppiamento danno i corpi xantinici, cui già abbiamo fatto accenno.

Protagono $C_{16}H_{38}Az_2PhO_{35}$. Si presenta come polvere bianca, finissima, costituiti di piccolissimi cristalli, insolubili nell'acqua, solubili nell'alcool. Trovasi nell'uovo, nello sperma, nella sostanza nervosa, in cui è il costituente più importante della guaina mielinica.

Del pari che la lecitina, essa nell'acqua di barite si scinde in acido fosfoglicerico, glucosio, colina e cerebrina.

Hoppe-Seyler considera il protagono come formato di lecitina e cerebrina.

Cerebrina. È una sostanza fosforata, di è discussa la composizione centesimale. Trovasi nella sostanza nervosa, specie nel cervello, nei corpuscoli del pus: è polvere bianca, leggiera, solubile però in questi liquidi bollenti: però precipita sotto forma di masse sferiche granulari col raffreddamento dei mezzi solventi.

Nell'acqua bollente si gonfia. Bollita con acidi minerali diluiti dà una sostanza riducente, che però risponde alle reazioni specifiche di queste.

FINE